A tradução desta obra recebeu auxílio do Instituto Goethe, que é financiado pelo Ministério de Relações Exteriores da Alemanha.

GOETHE INSTITUT

2013–2014
ALEMANHA+BRASIL
Quando ideias se encontram

UWE TIMM

A DESCOBERTA
DA CURRYWURST

TRADUÇÃO
AUGUSTO PAIM

PORTO ALEGRE · SÃO PAULO
2015

Publicado originalmente em alemão como "Die Entdeckung der Currywurst", de Uwe Timm
Copyright © 1993, 2013, Verlag Kiepenheuer & Witsch GmbH & Co. KG, Cologne / Germany

Conselho editorial
Gustavo Faraon, Julia Dantas e Rodrigo Rosp

Preparação e revisão da tradução
Julia Dantas

Revisão
Rodrigo Rosp

Capa
Samir Machado de Machado

Dados Internacionais de Catalogação na Publicação (CIP)

T584d Timm, Uwe
         A descoberta da currywurst / Uwe Timm ; tradução
     Augusto Paim. — Porto Alegre : Dublinense, 2015.
         192 p. ; 21 cm.

         ISBN: 978-85-8318-066-1

         1. Literatura Alemã. 2. Romances Alemães. 3. Segunda
     Guerra Mundial, 1939-1945. I. Paim, Augusto. II. Título.

                                            CDD 833.91

Catalogação na fonte: Ginamara de Oliveira Lima (CRB 10/1204)

Todos os direitos desta edição reservados à Editora Dublinense Ltda.

Editorial
Av. Augusto Meyer, 163 sala 605
Auxiliadora — Porto Alegre — RS
contato@dublinense.com.br

Comercial
(11) 4329-2676
(51) 3024-0787
comercial@dublinense.com.br

Para Hans Timm
(1899-1958)

I

Faz pouco mais de doze anos que comi uma currywurst pela última vez na barraquinha da senhora Brücker. Ficava na Grossneumarkt, uma praça no bairro portuário: ventosa, suja, pavimentada com paralelepípedos. Ali estão algumas árvores cerdosas, um mictório e três lojinhas onde os mendigos se reúnem e bebem vinho tinto argelino em galões de plástico. No oeste, a fachada verde-acinzentada e envidraçada de uma companhia de seguros e, logo atrás, a igreja de São Miguel, cuja torre lança, à tarde, uma sombra sobre a praça. Boa parte do bairro havia sido destruída por bombas durante a guerra. Apenas algumas ruas foram poupadas e, em uma delas — a Brüderstrasse —, morava uma tia minha que eu visitava com frequência quando criança, ainda que escondido. Meu pai proibira. A região era conhecida como "a pequena Moscou", e o bairro boêmio de St. Pauli não ficava longe dali.

Mais tarde, ao visitar Hamburgo, eu sempre vinha até essa região, caminhava pelas ruas passando na frente do

apartamento da minha tia morta há anos, até finalmente —
e esse era o verdadeiro objetivo — comer uma currywurst
na barraquinha da senhora Brücker.

Olá, dizia a senhora Brücker como se eu tivesse estado
lá ontem. O de sempre? Ela manuseava uma grande frigideira de ferro fundido. De vez em quando, uma rajada de vento empurrava a garoa para debaixo do toldo estreito: uma lona militar com manchas verde-acinzentadas, mas tão cheia de buracos que precisou ser recoberta com uma lona de plástico. Isto aqui já era!, dizia a senhora Brücker, enquanto retirava o escorredor com as batatas fritas do óleo fervente e então contava quem havia saído do bairro e quem havia morrido nesse meio-tempo. Nomes que nada me diziam tiveram derrame, cobreiro, diabetes tardia, ou encontravam-se agora no cemitério de Ohlsdorf. A senhora Brücker continuava morando no mesmo prédio onde antigamente também morara minha tia.

Olha isto! Ela me estendia as mãos, girando-as lentamente. As articulações dos dedos estavam cheias de caroços. É a gota! Meus olhos também já não estão funcionando direito. Ano que vem, ela dizia como em todos os anos, vou me desfazer da barraquinha para sempre. Com o pegador de madeira, retirava do vidro um dos pepinos que ela mesma pusera em conserva. Você já gostava disto quando era criança. Eu sempre recebia o pepino de graça. E como você está conseguindo aguentar em Munique?

Lá também tem barraquinhas de lanches.

Ela já esperava por isso. Pois a seguir — e fazia parte do nosso ritual —, dizia: sim, mas lá também tem currywurst?

Não, pelo menos nenhuma boa.

Viu só, ela falava, jogando um pouco de curry na frigideira quente, depois colocava uma salsicha de vitela fatiada, salsicha branca, dizia, terrível, e ainda vinha a mostarda doce. Chega a dar arrepio! Balançava-se toda demonstrando: argh, esparramava ketchup na frigideira, mexia, colocava mais um pouco de pimenta-preta por cima e então empurrava as fatias de salsicha para o prato de papelão frisado. Isso que é sustância! Tem a ver com o vento, acredite em mim. Vento forte exige comida forte.

A sua barraquinha de lanches rápidos ficava mesmo em uma esquina ventosa. A lona de plástico havia rasgado no ponto onde se fixava ao estande e, de vez em quando, rajadas de vento mais intensas derrubavam uma das mesas de plástico em formato de cone. Eram mesas de propaganda de sorvete: sobre as bolas achatadas podia-se comer almôndegas e, como foi dito, essa currywurst tão sem igual.

Vou fechar a barraquinha para sempre.

Ela dizia isso todas as vezes, e eu tinha certeza de que a veria de novo no próximo ano. Porém, no ano seguinte, a sua barraquinha havia sumido.

Por essa razão não voltei mais ao bairro, quase não pensei mais na senhora Brücker, a não ser ocasionalmente, em barraquinhas de lanches em Berlim, Kassel ou outro lugar qualquer, e, claro, quando surgia alguma discussão entre conhecedores sobre o local e a data de surgimento da currywurst. A maioria, não, quase todos o reclamavam para a Berlim do fim dos anos cinquenta. Eu sempre trazia para o debate Hamburgo, a senhora Brücker e uma data anterior.

A maioria duvidava que a currywurst tivesse sido inventada. E ainda por uma pessoa em específico? Não era que nem nos mitos, contos de fadas, lendas urbanas e fábulas, que são obra não de uma pessoa, mas de várias? Existe o descobridor da almôndega? Esses pratos não são criações coletivas? Pratos que vão surgindo aos poucos, segundo a lógica de suas condições materiais, como por exemplo pode ter sido o caso da almôndega: havia restos de pão e só um pouco de carne, mas se queria encher o estômago, então havia a possibilidade de pegar os dois e, já que é uma coisa divertida de se fazer, não tinha como não amassar a carne e o pão juntos. Várias pessoas devem ter feito isso ao mesmo tempo, em diferentes lugares, e isso também é comprovado pelos diversos nomes: almôndega, polpetta, klops, frikadelle.

É possível, eu dizia, mas com a currywurst é diferente, como o nome já revela, ele une o distante com o próximo, o curry com a wurst. E essa união — que equivale a uma descoberta — foi feita pela senhora Brücker em algum momento em meados dos anos quarenta.

É assim que me recordo: estou sentado na cozinha da minha tia, na rua Brüderstrasse, e nessa cozinha escura, cujas paredes estão pintadas com um verniz cor de marfim até o lambril, também está sentada a senhora Brücker, que mora lá em cima, no apartamento sob o telhado. Ela está contando sobre os contrabandistas, estivadores, marinheiros, pequenos e grandes bandidos, as prostitutas e os cafetões que vão à sua barraquinha. Quantas histórias! Até as mais inimagináveis. A senhora Brücker afirmava que isso se devia à sua currywurst, que soltava a língua e aguçava o olhar.

Era isso que eu recordava, então comecei a pesquisar. Perguntei a parentes e conhecidos. Senhora Brücker? Alguns ainda se lembravam bem dela. E da barraquinha. Mas se tinha inventado a currywurst? E como? Isso ninguém sabia dizer.

Minha mãe, que geralmente guardava na memória tudo que era possível e até o mínimo detalhe, também não sabia nada sobre a invenção da currywurst. Por muito tempo, a senhora Brücker teria feito experimentos com café de abelota, na época tudo estava em falta. Ela distribuiu café de abelota de graça quando inaugurou sua barraquinha de lanches após a guerra. Minha mãe inclusive ainda podia me descrever a receita: colher as abelotas do carvalho, pôr para secar no forno, retirar a casca, picar e depois torrar o caroço. Então adicionar a habitual mistura de substituto de café. A bebida tinha um gosto um pouco amargo. Quem a bebesse durante um período prolongado, afirmava minha mãe, ia aos poucos perdendo o paladar. O café de abelota curtia a língua, mesmo. Assim, no Inverno da Fome, em 1947, os bebedores de café de abelota podiam até mesmo assar pão com serragem, que para eles tinha o sabor da melhor farinha de trigo.

E ainda havia aquela história com o marido dela. A senhora Brücker era casada? Sim. Um dia ela o colocou na rua.

Por quê?
Isso minha mãe não sabia me dizer.

Na manhã seguinte, fui até a rua Brüderstrasse. Nesse meio-tempo, o prédio havia sido restaurado. O nome da senhora Brücker já não estava mais no interfone — como eu previa. Os desgastados degraus de madeira haviam sido substituídos por novos, com tiras de latão fixadas nas beiradas, a luz no corredor era clara e me dava tempo de subir todos os lances da escada. Antigamente, só ficava acesa durante trinta e seis degraus. Quando éramos crianças, subíamos a escada apostando corrida contra a luz, até o último andar, onde a senhora Brücker morava.

Caminhei pelas ruas do bairro, ruas estreitas e sem árvores. Antigamente, aqui moravam estivadores e trabalhadores dos estaleiros. De lá para cá, os prédios haviam sido restaurados, e os apartamentos — o centro da cidade não ficava longe —, decorados com bastante luxo. Onde antigamente houvera leiterias, armarinhos e armazéns que vendiam produtos das colônias além-mar, surgiram lojas de grife, salões de beleza e galerias de arte.

Somente a pequena tabacaria do senhor Zwerg continuava lá. Na vitrine estreita, em meio às empoeiradas caixas de cigarrilhas e charutos, havia um homem com um chapéu de safári segurando na mão um cachimbo comprido.

Perguntei ao senhor Zwerg se a senhora Brücker ainda vivia e, se fosse o caso, onde.

O que o senhor quer?, ele me perguntou com enorme desconfiança. A loja já tem inquilino.

Para comprovar que eu o conhecia de outros tempos, contei a história daquela vez, deve ter sido em 1948, em que ele subiu em uma árvore; única árvore da região que não fora incendiada nas noites de bombardeio ou que não havia sido serrada e usada como lenha, mais tarde, depois da guerra. Era um olmo. Um gato subira ali fugindo de um cão. Havia chegado tão alto que não conseguia mais descer. Passou uma noite em cima da árvore, inclusive a manhã seguinte, até que o senhor Zwerg (que havia servido como engenheiro de combate) decidiu escalar atrás do bichano, sob o olhar de muitos curiosos. Mas o gato começou a subir ainda mais, fugindo dele, até chegar à copa, e de repente o senhor Zwerg também estava lá no alto e não conseguia mais descer. Os bombeiros tiveram que vir resgatar os dois, o senhor Zwerg e o gato, com uma escada.

Ele escutou minha história em silêncio. Então se virou, retirou o olho esquerdo e o limpou com um lenço. Que época boa aquela!, disse. Encaixou o olho de volta e assoou o nariz. Sim, disse ele finalmente, fiquei surpreso quando cheguei tão alto e não conseguia mais calcular a distância. Dos antigos inquilinos, ele era o último no prédio. Havia dois meses, o novo proprietário do imóvel anunciara um aumento do aluguel. Já não dava mais para pagar. Sabe, eu queria continuar, mesmo que ano que vem eu vá fazer oitenta. É bom para se manter em contato com as pessoas. Aposentadoria? Tenho sim. Não dá para morrer de fome, mas também não dá para viver. Agora vão abrir aqui uma loja de vinhos. No início achei que seria tipo uma loja de música. A senhora Brücker? Não, já faz bastante tempo que saiu daqui. Com certeza já não existe mais.

Mas consegui encontrá-la. Estava sentada à janela, tricotando. O sol brilhava suavizado pela cortina fina. O local cheirava a óleo, cera para piso e velhice. Na recepção lá embaixo, sentados à direita e à esquerda junto às paredes do corredor, estavam muitas idosas e alguns idosos, chinelos de feltro nos pés e munhequeiras ortopédicas nas mãos. Fitavam-me como se há dias esperassem pela minha chegada. Duzentos e quarenta e três foi o número do quarto que o porteiro me disse. Eu tinha ido ao Departamento de Registro de Moradores na prefeitura, onde me deram seu endereço: um asilo municipal no distrito de Harburg.

Não a reconheci. Quando a vi pela última vez, seu cabelo já estava grisalho, mas agora tinha ficado ralo, e o nariz parecia ter crescido, o queixo também. O azul dos seus olhos, antes intenso, agora estava leitoso. No entanto, as articulações dos dedos não estavam mais inchadas. Ela disse que se lembrava de mim com nitidez. Você visitava sua tia quando era menino, não é, e ficava sentado na cozinha da Hilde. Mais tarde, aparecia de vez em quando na barraquinha de lanches. Então pediu para tocar meu rosto. Soltou o material de tricô. Senti suas mãos, um explorar tateante e fugaz. Palmas delicadas e macias. Gota já não tenho mais, mas, em compensação, não enxergo mais nada. Existe mesmo uma espécie de equilíbrio divino. Você tirou a barba, o cabelo também não está mais tão comprido. Ela olhava para o alto, em minha direção, mas com um leve desvio, como se houvesse alguém atrás de mim. Não faz muito havia alguém aí, ela disse, queria me fazer comprar uma revista. Não compro nada!

Assim que comecei a falar, ela corrigiu o olhar. De vez em quando, me fitava nos olhos. Eu só queria perguntar uma coisa: se minha memória estava certa sobre ela ter inventado a currywurst logo após a guerra.

A currywurst? Não, disse, eu só tinha uma barraquinha de lanches.

Por um momento, pensei que teria sido melhor não a ter visitado nem feito perguntas. Eu continuaria tendo na lembrança uma história que conectava exatamente isso: a minha infância e um sabor. Agora, depois dessa visita, eu teria que pensar em qualquer outra coisa.

Ela riu, como se pudesse enxergar minha perplexidade, minha frustração até, que eu não tivera motivos para disfarçar.

É mentira, ela disse, fui eu sim. Mas aqui ninguém me acredita. Quando contei, riram. Disseram que estou louca. Agora é raro eu descer até lá embaixo. Sim, ela disse, eu descobri a currywurst.

E como?

É uma longa história. Você tem um tempinho?

Tenho.

Quem sabe, ela disse, da próxima vez você traz um pedaço de torta. Vou fazer café.

Sete vezes fui a Harburg, sete tardes com o cheiro de cera para piso, lisol e sebo velho, sete vezes ajudei-a a encurtar as tardes que se arrastavam rumo ao anoitecer. Ela me tratava por "você". Eu a tratava por "senhora", por um velho hábito.

A gente já fica aqui esperando sem que nada aconteça, ela disse, e então ainda para de enxergar! Sete tortas, sete tijolos doces, maciços e pesados: tortas de glacê de chocolate, de damasco, de creme de tangerina, de queijo cremoso, sete vezes o amigável Hugo (que prestava o serviço civil no asilo) trouxe pílulas rosas para pressão alta, sete vezes exercitei minha paciência, vi-a tricotar, as agulhas movendo-se ruidosamente, rápidas e regulares. A parte da frente de um pulôver para seu bisneto surgiu diante dos meus olhos, uma pequena obra de arte do tricô, uma paisagem de lã, e, se alguém tivesse me dito que se tratava da obra de uma cega, eu não teria acreditado. Às vezes eu desconfiava de que não era cega coisa nenhuma, mas então ela tornava a encontrar as agulhas apalpando o pulôver e continuava sua narração, interrompendo-a de vez em quando para contar os pontos do tricô, pensativa, sentir as bordas, procurar o outro fio às apalpadelas — ela trabalhava com dois fios, às vezes até mesmo com vários —, introduzir as agulhas (lentamente, mas com precisão) nos pontos, mergulhada em si mesma, com o olhar voltado para um ponto acima de mim, para então recomeçar a tricotar, sem nenhuma urgência, mas também sem fazer pausas, narrava acontecimentos indispensáveis e casuais, tudo e todos que tinham sido importantes para a descoberta da currywurst: um contramestre da marinha, um emblema prateado de cavaleiro, duzentas peles de esquilo siberiano, doze metros cúbicos de madeira, uma fabricante de salsicha viciada em uísque, um intendente e uma beldade ruiva ingleses, três garrafas de ketchup, clorofórmio, meu pai, um sonho acordado e muito mais. Tudo isso ela contava pouco a pouco, prorrogando o final, em audaciosas prolepses e analepses, de tal forma que aqui precisarei selecionar, endireitar, conectar e encurtar. Começarei a história no dia 29 de abril de 1945, um domingo. O tempo em Hamburgo: predominantemente nublado, seco. Temperatura entre 1,9 e 8,9 graus.

2h: casamento de Hitler com Eva Braun. Bormann e Goebbels são padrinhos.

3h: Hitler dita seu testamento político. O grande--almirante Dönitz deverá assumir como seu sucessor nos postos de chefe de Estado e comandante supremo das Forças Armadas.

5h30: os ingleses atravessam o rio Elba, nas proximidades de Artlenburg.

Hamburgo deve ser defendida como uma fortaleza, até o último homem. São construídas barricadas, a Volkssturm é convocada, o oficial conhecido como "ladrão de heróis" varre os hospitais, a última, a última da última, a última da última da última leva de recrutados é jogada ao front, com isso também o contramestre Bremer, que, em Oslo, havia comandado a câmara de cartas náuticas no estado-maior da armada. Lá ele fora praticamente indispensável, desde a primavera de 1944 até receber férias para visitar a terra natal, e assim o fez, indo para Braunschweig. Visitou sua esposa e viu seu filho de quase um ano de idade pela primeira vez e pôde comprovar que o pequeno já tinha dentes e podia dizer "papai". Então se fez novamente em viagem para retornar ao arquivo de cartas náuticas, chegou até Hamburgo em um trem de passageiros lotado, de lá viajou com um caminhão militar rumo a Plön, no dia seguinte foi levado até Kiel por uma carroça puxada a cavalos, de onde pretendia embarcar rumo a Oslo. Em Kiel, porém, foi designado para uma unidade de caça de blindados e, após três dias de um curso de bazuca antitanque, recebeu ordens de ir para Hamburgo, onde teria que se apresentar à sua nova unidade, mobilizada para a batalha final na charneca de Lüneburg.

Ele chegara a Hamburgo perto do meio-dia, comeu um pouco da sua ração militar — duas fatias de pão de forma e uma pequena lata de patê de fígado —, e caminhou pela cidade. Conhecia Hamburgo de visitas anteriores, mas não pôde reconhecer as ruas. Algumas fachadas mantinham-se em pé; atrás, as ruínas incendiadas da torre da igreja de Santa Catarina. Fazia frio. Uma nuvem vinda do noroeste arrastava-se contra o sol. Bremer viu as sombras nas ruas migrarem em sua direção, e isso lhe pareceu um mau presságio. Junto ao meio-fio, tijolos despedaçados, vigas carbonizadas, fragmentos de blocos de arenito que uma vez haviam sido o portal de entrada de um prédio: ainda restava uma parte da escada, mas ela conduzia ao nada. Poucas pessoas encontravam-se na rua, duas mulheres puxavam um carrinho, um, dois caminhões da Wehrmacht com carburadores alimentados com madeira passaram, um veículo de três rodas puxado por um cavalo. Bremer perguntou onde havia um cinema. Disseram para ir ao Knopfs Lichtspielhalle, na avenida Reeperbahn. Ele foi até o Millerntor e em seguida à Reeperbahn. Prostitutas estavam nas entradas dos prédios, abatidas e cinzentas, exibindo suas pernas magras. O cartaz anunciava para aquela noite o filme *Wunschkonzert*. Havia uma longa fila diante da bilheteria. Não se tinha mais com o que gastar dinheiro mesmo.

 Foi mal, disse Bremer. Sem querer, com sua mochila militar, havia empurrado a mulher que parara atrás dele na fila.

 Não foi nada, disse Lena Brücker. Ela voltara para casa logo após o fim do expediente na repartição de alimentos, trocara de roupa e, como o sol de vez em quando brilhava por entre as nuvens, vestiu seu tailleur. Havia encurtado a saia um pouco para essa primavera. Ainda podia exibir suas pernas, pensava, em três, quatro anos já estaria muito velha para aquele comprimento. Esfregara nelas um creme castanho-claro, da mesma cor de meias-calças, espalhou-o bem nos pontos em que ficou muito escuro e então, diante do espelho, riscou uma fina linha preta sobre as panturrilhas. Precisou se afastar pelo menos três passos, mas então parecia mesmo que estava vestindo uma meia-calça de seda.

 A praça Grossneumarkt cheirava a queimado e argamassa úmida. Na noite anterior, no Millerntor, um prédio havia sido atingido em cheio por uma bomba incendiária. A montanha de entulhos ainda estava em brasa, produzindo fumaça. Os arbustos no jardim brotaram devido ao calor abrupto, os mais próximos das ruínas do incêndio ressecaram, alguns galhos estavam até mesmo carbonizados. Ela passou na frente do Café Heinze, do qual só restava a fachada. Ao lado da entrada ainda se podia ler em uma placa: *Proibido dançar swing! Câmara de Cultura do Reich.* Há tempos o entulho não era mais removido da calçada. Os bares estavam fechados, nada de dança, nada de strip-tease. Ela chegou sem fôlego ao Knopfs Lichtspielhalle, viu a fila, pensou, tomara que eu ainda consiga entrar, parou atrás de um soldado da marinha, um jovem contramestre.

Foi desse jeito, passo a passo, que Hermann Bremer e Lena Brücker vieram parar aqui, de pé um atrás do outro, e ele encostou nela com sua bagagem, uma mochila militar sobre a qual estava enrolada e presa uma lona militar com manchas verde-acinzentadas. Não foi nada. Começaram a conversar por mero acaso. Ela revirou sua bolsa procurando a carteira, nisso caiu a chave de casa. Ele se abaixou, ela se abaixou, bateram cabeça com cabeça, não foi muito forte, não doeu, ele apenas sentiu brevemente o cabelo dela — suave, um loiro macio — em seu rosto. Entregou-lhe a chave. O que chamou a atenção dela primeiro? Os olhos? Não, as sardas, ele tinha sardas no nariz, cabelo castanho. Podia ser meu filho fácil, fácil. Mas tinha cara de ser mais jovem do que era de verdade: estava com vinte e quatro anos. Na hora, pensei que tinha dezenove, talvez vinte. Era bonitinho, tão magro e faminto. Parecia cheio de receios e um pouco inseguro, mas de olhos abertos. Fora isso, não pensei mais nada. Não naquele momento. Contei sobre o filme que eu tinha visto na última semana: *Es war eine rauschende Ballnacht.* Ver filmes era a única diversão, isso quando a luz não caía.

Ela quis saber para qual unidade ele estava se dirigindo. Fez a pergunta usando o termo correto. É que se ouvia e se lia diariamente sobre isso: unidades pesadas, os navios de batalhas, encouraçados, cruzadores pesados. Só que não restou nenhuma das unidades pesadas, a não ser a Prinz Eugen. Mas unidades leves ainda havia, torpedeiros, lanchas de ataque rápido, varredores de minas. E mais os submarinos. Não, nos últimos tempos ele estivera no estado-maior da armada em Oslo, no destacamento de cartas náuticas. Havia trabalhado em um contratorpedeiro, em 1940. Afundou em Narvik. Mais tarde, em um torpedeiro no Canal da Mancha, depois em um barco de patrulha. Sentaram-se um ao lado do outro no cinema, em poltronas que rangiam. Fazia frio. Ela estava congelando no seu tailleur. As notícias da semana: soldados alemães passavam sorridentes em veículos militares, indo rebater um ataque russo em algum lugar no rio Oder. O trailer do próximo filme: *Kolberg*. Gneisenau e Nettelbeck, Kristina Söderbaum ("a eterna defunta do Reich") ri e chora. Ainda durante o trailer — a cidade de Kolberg ardendo em chamas —, as sirenes antiaéreas começaram a soar lá fora. A luz da sala acendeu, piscou, apagou. Luz de lanternas. O público se espremeu pelas duas portas da sala, correu em direção ao bunker na Reeperbahn. Ela não queria de jeito nenhum ir a um bunker. Preferia um abrigo antiaéreo em algum porão. Recentemente, um desses bunkers maiores havia levado um tiro certeiro na frente da porta, e uma tempestade de fogos atravessou o lugar. Mais tarde, dava para ver as pessoas penduradas nos encanamentos, carbonizadas e pequenas como bonecos. Lena Brücker correu até um prédio domiciliar, seguiu a seta branca: abrigo antiaéreo, Bremer atrás.

O responsável pelo abrigo, um velho com um tique nervoso no rosto, fechou a porta de aço atrás deles. Lena Brücker e Bremer foram se sentar em um banco. No lado oposto, estavam os moradores do prédio: alguns homens idosos, três crianças, várias mulheres, que ao lado puseram malas e bolsas e sobre os ombros traziam acolchoados de pena e cobertores. As pessoas os encararam. Decerto pensavam: são mãe e filho. Ou: um casal de namorados. O responsável pelo abrigo, com seu capacete de aço na cabeça, mastigava algo, olhando para eles lá do outro lado. O que deve ter pensado? Mais uma mulher madura se assanhando para um garotão. Olha o jeito como os dois estão com as cabeças encostadas. A saia era muito curta. Dava para ver um bom pedaço da coxa. Não estava vestindo meia-calça, o creme ficou ralo naquela região onde ela tinha cruzado as pernas, dava para ver bem a carne nua. Mas não era uma prostituta, não. Nem mesmo uma dessas prostitutas amadoras. O negócio delas estava indo mal, muito mal inclusive. É que havia muita mulher sozinha. Os maridos ficaram no campo de batalha ou no front. As mulheres se atiravam para cima dos homens. O responsável pelo abrigo enfiou a mão no bolso do casaco e puxou um pedaço de pão preto. Mastigava e encarava Lena Brücker lá do outro lado. Mulheres, crianças e idosos por tudo quanto é canto. E, veja só, lá está sentado um garoto da marinha. Os dois estão sentados e cochicham. Devem ter se conhecido em algum baile, alguma festa privada, é claro, pois as públicas estavam proibidas. Nada de diversões públicas, enquanto lá fora pais e filhos combatiam. E caíam. A cada seis segundos cai um soldado alemão. Mas não se pode proibir de fazer festa, de se ser alegre, essa urgência de rir, principalmente quando há tão poucos motivos para rir.

O responsável pelo abrigo inclinou-se tentando escutar alguma coisa da conversa dos dois. Mas o que ele escutava? Central de comando, câmara de cartas, cartas náuticas. Bremer cochichava sobre cartas náuticas, que tinham de ser enroladas, dobradas, numeradas e ordenadas alfabeticamente, e que, em Oslo, no estado-maior da armada, ele tinha que administrar, ou seja, comparar ou trocar por novas cartas. Não se podia cometer nenhum equívoco. Afinal, as cartas tinham de estar sempre atualizadas, ele assinalava a posição dos barcos de patrulha, mas sobretudo a localização dos campos minados, onde estavam as entradas e as passagens de navios. Senão, podia acontecer — como já acontecera — de navios alemães navegarem sobre suas próprias minas. Não que ele quisesse dar uma de importante, mas o cargo tinha lá seu valor, e agora, na viagem de volta para Oslo — depois de tirar férias em Braunschweig —, ele havia sido designado para uma unidade de caça de blindados. Você entende, disse, sou marinheiro. Ela aquiesceu. Ele não disse: não tenho nenhuma experiência em batalha terrestre, isso é loucura!. Ele não disse: estão querendo me detonar, no último minuto. Ele não disse isso, e não foi somente porque, como homem, ainda mais soldado, não se podia dizer isso, mas sim porque não era aconselhável dizer isso a alguém que ainda não se conhecia direito. Continuava havendo compatriotas que denunciavam manifestações de derrotismo. Claro que ele não estava vendo, no tailleur, o emblema do partido. Mas nesses dias raramente se via. Usava-se debaixo do casaco, bem escondido pelo cachecol.

De repente: o ronco grave e distante de um avião, a terra sendo revolvida. O porto, disse Lena Brücker. Estão bombardeando o bunker dos submarinos. Ao longe, o estrondo das bombas explodindo. Então — bem perto — uma detonação, um abalo, a iluminação de emergência caiu, mais um abalo, o chão oscilou, o prédio e o porão balançaram como um navio. As crianças gritaram, e também Bremer tinha dado um berro. Lena Brücker pôs o braço sobre os ombros dele. O prédio não foi atingido, havia sido em algum lugar nas redondezas.

Dá para ver os aviões quando se está num navio, e também as bombas caindo, Bremer disse se desculpando. Aqui é meio que de surpresa.

A gente se acostuma, disse Lena Brücker, soltando-o.

O responsável pelo abrigo iluminou a porta de aço com uma lanterna. O feixe de luz passeou sobre as pessoas, que se encolhiam em seus cobertores como se estivessem cobertas de neve. Do teto, continuava a cair cal e poeira.

Após uma hora, deram o sinal de que o ataque acabara. Havia começado a chuviscar lá fora. Na rua, a poucos metros do prédio, estava a cratera, três, quatro metros de profundidade. Na diagonal oposta, o telhado e o último andar de um prédio estavam em chamas. Pelo andar de baixo, mulheres retiravam uma poltrona, roupas, um grande relógio de pêndulo, vasos, na calçada já havia uma pequena mesa redonda, em cima dela roupas de cama cuidadosamente dobradas. Pedaços de cortinas em chamas flutuavam no ar. Uma coisa que causava surpresa a Bremer — e que já tinha causado surpresa durante um ataque a bombas em Braunschweig — era que as pessoas não choravam, não gritavam, não torciam as mãos em desespero. Carregavam as coisas mais leves para fora do prédio com o telhado em chamas, como se fosse uma mudança qualquer. Outros passavam imperturbáveis. Não, indiferentes. Havia uma velha sentada em uma poltrona como se estivesse na sala de estar, porém chovia sobre ela. No colo, uma gaiola, onde um pintassilgo pulava para lá e para cá gritando, enquanto outro jazia no chão. Lena Brücker fechou o casaco do tailleur sobre o peito, disse, tomara que meu prédio não tenha sido atingido. Bremer desenrolou sua lona militar com manchas verde--acinzentadas de camuflagem. Cuidadosamente, puxou-a sobre a cabeça e os ombros de Lena Brücker. Ela ergueu um pouco a lona para que ele também pudesse ir ali para baixo e para que a envolvesse com o braço, e assim, bem aconchegados um no outro, sem dizer uma palavra, seguiram caminho através da chuva que caía em profusão, rumo à — algo que para ela era natural — Brüderstrasse. A luz no corredor não estava acendendo. Subiram as escadas às cegas, cautelosamente, até que Bremer tropeçou atrás dela, e Lena Brücker pegou sua mão. Então continuou subindo na frente e abriu a porta do apartamento lá em cima. Chegou na cozinha antes dele e acendeu uma lâmpada de querosene.

A senhora Brücker solta o material de tricô, levanta-se, caminha sem vacilar até o armário da sala, um armário de madeira de bétula, polido, com uma parte envidraçada no meio. Às apalpadas, encontra a chave com um pompom pendurado, abre a porta lateral à direita, leva a mão a uma prateleira e retira de lá um álbum, retorna e o coloca em cima da mesa. Um álbum de fotos, encadernado com tecido de juta bordô. Você pode folhear. É para ter uma foto da cozinha aí dentro.

Nas primeiras páginas, as fotos têm uma cuidadosa descrição com tinta branca; depois, foram coladas, apenas; e, mais para o fim, estão colocadas todas juntas entre as folhas. Tem alguma foto desse tal contramestre? Não, ela disse. Vou folheando: Lena Brücker quando bebê em cima de um tapete de pele de urso polar; quando menina, em um vestido engomado com babados; de vestido escuro, com o pequeno buquê de crisma; então um bebê com touquinha de tricô e mordedor; sua filha Edith; um menino em um patinete; uma menina com tranças em caracol, olhando para cima, nas mãos dois bastõezinhos unidos por um barbante, decerto esperando pelo ioiô, que ainda não aparece na imagem; um menino debaixo da árvore de Natal, com um ursinho de pelúcia; a senhora Brücker a bordo de uma lancha, o vento soprando seu cabelo e pressionando o vestido contra as pernas.

Ela pegou o material de tricô outra vez, contou os pontos, os lábios se movendo. Um homem em uma lancha. Parece com o Gary Cooper, eu disse. Ela ri. Sim, é o Gary. Meu marido. Todo mundo dizia: parece com o Gary Cooper. Realmente, era muito bonito. Mas esse também foi o problema. As mulheres estavam sempre atrás dele. E ele atrás das mulheres. Enfim. Já morreu faz tempo.

Então a foto que mostra a senhora Brücker na cozinha. Está de pé ao lado de uma moça. Roliça, sardenta, é como descrevo essa moça. Você a conhece, também morava no prédio, lá embaixo, a senhora Claussen, esposa do operador de escavadeira, diz a senhora Brücker, e fica olhando pensativa para a parede. Que vestido estou usando? Escuro, com pequenos pontos claros e um uma gola de renda branca. O decote, digo hesitante, o decote é baixo. Ela ri, coloca o material de tricô sobre a mesa. Sim. Ganhei o vestido do meu marido. Era meu vestido mais bonito. O cabelo loiro, preso no alto, cai sobre as duas presilhas de casco de tartaruga colocadas lateralmente. Naquela época, eu só tinha aquecimento na cozinha. Está vendo aí o aquecedor a carvão? Sim. Um pequeno aquecedor cilíndrico de ferro fundido, no meio da cozinha. O cano por onde sai a fumaça faz uma curva fechada e atravessa o ambiente, sobe até a janela quadriculada tapada com papelão preto. A gente tinha que aproveitar o calor ao máximo. No aquecedor a carvão, eu podia fazer os dois: aquecer o ambiente e cozinhar. Eu até tinha um fogão a gás. Mas gás quase não tinha mais. O gasômetro estava destruído. Eu dividia assim, dois briquetes de carvão por dia, e mais a madeira de escombro. Dava para ir buscar nos escombros, mas só com uma carta de autorização.

Naquele dia, ela havia colocado mais dois briquetes no fogo, a porção para o dia seguinte. Não importa, disse para si mesma, queria sentir calor aquela noite, calor de verdade. Pôs água para esquentar, jogou um punhado de grãos de café no moedor. Que horas ele tinha de estar na unidade amanhã? Às cinco, na estação central. De lá, seria enviado ao front, nas proximidades de Harburg. Os ingleses já estavam do outro lado do Elba. Dava para ir a pé até o front. Mas eles seriam levados com um caminhão. Começou a esquentar. Bremer tirou o casaco. No uniforme da marinha, havia duas condecorações e uma fita da cruz de ferro de segunda classe, a placa de Narvik e um emblema prateado. Um emblema que ela não havia visto até então. O emblema alemão de cavaleiro. Aquilo era para a cavalaria, a artilharia, quando muito para a infantaria, mas não para um contramestre.

Meu amuleto da sorte, ele falou. Onde quer que desse as caras com aquilo, as pessoas riam, como ela fez. E desse jeito conseguia puxar conversa com todo mundo. Chefes ou subordinados. Cruzes de ferro, cruzes germânicas, cruzes de mérito de guerra, cruzes de cavaleiro, dessas aí havia aos montes após mais de cinco anos de guerra, não interessavam a mais ninguém, mas um emblema de cavaleiro, ostentado por alguém da marinha, isso faz com que todo mundo lembre daquela piada súper velha do marinheiro a cavalo na montanha. E todos perguntam: como arranjou isso? Foi também desse jeito que conseguiu o confortável posto no estado-maior da armada. Senão já teria virado comida de peixe há muito tempo. Servira meio ano em um barco de patrulha, lá para cima, no Cabo Norte. Ficar de guarda, monótono, disse. Frio e perigoso. Aviões torpedeiros vindo da Inglaterra a toda hora. Esse barco de patrulha fora adaptado de um pesqueiro dinamarquês a vapor. O motor a diesel já tinha sido recusado por Noé ao embarcar na Arca, por ser um modelo ultrapassado. Toda vez que se precisava dele com especial urgência, falhava. Quase sempre em tempestades. Então os vagalhões passavam por cima do barco. Ondas gigantescas. Balançava muito e era perigoso para caramba. Ele tinha que descer com o maquinista e consertar o motor. O comandante, um tenente da reserva, estava quase sempre bêbado. Uma vez surgiu um avião bombardeiro. Pensaram, agora é o fim. Se o avião lançasse torpedos. Mas só tinha bombas. Mirei com o canhão de vinte e dois milímetros. Na mosca. Virou de lado e caiu.

Bremer apalpou, na casa do botão, a fitinha preta, branca e vermelha. Havia percebido que Lena Brücker não prestava mais atenção? Atos heroicos nunca lhe interessaram, e muito menos agora após cinco anos de guerra. Cinco anos de fanfarras de vitória, cinco anos de informes especiais no rádio, cinco anos de: caiu pelo Führer, pelo Povo e pela Pátria.

Sim, ele disse, acabei desviando de curso. Foi assim: quando estávamos em Trondheim, o comandante da armada da Noruega veio fazer a inspeção. Estávamos em formação. O almirante percorre o front, para na minha frente. Olha para mim, sorri: você cavalga no mar, é? Qual é sua profissão? Construtor de máquinas, Senhor Almirante. Ordenou que eu fosse transferido para o seu estado-maior em Oslo. Virei supervisor da câmara de cartas.

E quando, após uma pausa cheia de significado, Bremer quis começar a narrar o que tinha visto do barco de patrulha, como a vez em que um barco passou sobre uma mina, uma detonação, a água foi arremessada para o alto, o barco foi despedaçado, o sibilar do fogo na caldeira, o grito dos homens na água gelada, o jeito como afundavam, alguns, porém, que usavam colete salva-vidas, gritavam, gritavam, quando resgataram dois deles e viram que suas pernas haviam sido enfiadas no corpo, literalmente, morreram gritando, ele queria contar, isso foi já na sua primeira viagem a bordo, nesse momento ela colocou o moedor de café na mão dele. Ela não queria saber de gente morrendo afogada ou congelada, de mutilados, queria que ele moesse o café, não queria ouvir a história da placa de Narvik, o que queria era saber como tinha conseguido aquele emblema nada militar, o único emblema que ela achava simpático. Suponho que não custou a vida de ninguém, no máximo um pouco de suor do cavalo. Espere aí, ela disse, e voltou a tirar o moedor de café da sua mão, colocou mais um pouco de grãos, nunca tinha usado tantos grãos de uma vez só nos últimos meses. Queria ficar acordada. Era uma porção extra do racionamento de víveres, uma porção adicional que havia sido distribuída há dez dias. Os moradores deveriam estar abastecidos com mantimentos para o caso da batalha avançar até a cidade. Bremer começou a moer o café. Ela encheu dois copos com aguardente de pera, uma impiedosa destilação clandestina, setenta por cento. Saúde. Isso esquenta. Um colega havia lhe trazido. Ela trabalhava na repartição de alimentos, na cantina.

Quanta abundância, ele disse. Não. Só de vez em quando havia uma porção adicional ao racionamento, ou um pouco de comida que ela podia trazer da cantina. Saúde. Se ela tinha um rádio?

Sim. Mas a válvula está estragada. Ela não tinha como arranjar uma nova. Além disso, é raro poder escutar rádio, só quando tem energia, e ainda assim é sempre o tal do Dr. Camomila. Camomila? Sim, o Ahrens, secretário de Estado. É o cara que dá as notícias desagradáveis no rádio. É necessário restringir o consumo de gás. Bombas terroristas britânicas atingiram a estação de gás. A raça ariana encontrará outras formas de cozinhar. O fogão a lenha. O pequeno forno que você mesmo monta. O Dr. Camomila fala devagar, tem uma voz calma e fraca. Não: suave, calmante. Daí o seu apelido "Camomila". Não há mais energia para as sirenes. A partir de agora, nossa artilharia antiaérea pesada passará a dar cinco tiros, o nome disso é "alerta de aviões". Não nos damos por vencidos. "Não há mais energia" tam-

bém significa que não se pode mais ouvir o Camomila noticiando: resistência heroica diante dos portões da cidade.
Beberam café e uma segunda dose da aguardente de pera. Se ele estava com fome? Claro que estava. Ela podia lhe oferecer uma falsa sopa de caranguejo. Uma receita que ela mesma havia desenvolvido. Um prato improvisado como os que se faz com as sobras do almoço, disse, e amarrou o avental. Em casa, tinha cenouras e um pedaço de aipo. E também um pouco do extrato de tomate que a cantina recém havia recebido. Cinquenta quilos de extrato de tomate, sem motivo algum. Ela foi até a câmara, um pequeno quartinho que fazia as vezes de despensa e depósito, e buscou cenouras, três batatas e um pedaço de aipo, colocou um litro de água para esquentar, começou a descascar as cenouras. Então como foi que ele conseguiu o emblema de cavaleiro?
Ele vinha da cidade de Petershagen, no rio Weser. Seu pai — que lhe ensinou a arte da equitação — era veterinário e tinha dois cavalos de montaria. Naturalmente, Bremer também fazia cavalgadas. Nessas ocasiões, descia até o Weser; lá, desmontava do cavalo e tinha um só desejo: dar o fora daquele buraco, se possível para bem longe, até lá aonde o Weser corria, até o mar. Concluiu o ensino secundário, depois um curso técnico de construtor de máquinas e então viajou em um navio até a Índia como assistente de máquinas, pouco antes da guerra. Em 1939, ingressou na marinha. Depois da instrução básica, foi transferido para uma bateria de praia na ilha de Sylt. Não acontecia nada, absolutamente nada. Limpar canhões. No local, havia uma estrebaria. Tinha muito tempo livre. Lá, prestou o exame para o emblema de cavaleiro. Foi transferido logo depois, foi parar em um contratorpedeiro. Curso de formação para

terceiro-sargento, então contramestre. Serviço no barco de patrulha. Lena cortou as cenouras e jogou-as na panela, adicionou o aipo, três batatas cortadas em pedaços pequenos, e proferiu as palavras mágicas: aipo, aipo, aipuscadabra. Jogou as verduras na água fervente, salgou bem. Agora, ela disse, tem que deixar cozinhar até que tudo fique espesso.

Meu talismã, ele disse. Pelo menos até agora, pois provavelmente foi graças a este emblema de cavaleiro que o oficial teve a ideia de colocá-lo em uma unidade de caça de blindados. Eles decidiam essas coisas assim, conforme dava na telha. Loucura. Ela estava bastante concentrada em servir o café, aquele aroma. Viu a espuma se acumulando marrom-escura nas margens do filtro, as pequenas bolhas claras transformando-se em aroma.

Você visitou sua esposa?

Não, meus pais, depois estive em Braunschweig.

E você? Seu marido? Está no front?

Não sei, ela disse. Faz quase seis anos que o vi pela última vez. Foi convocado já em 1939. Conheceu outra mulher, em Tilsit. Serviu na retaguarda... Escreve de vez em quando.

Você sente falta dele?

O que deveria dizer? Poderia dizer — e seria a verdade — que não. Mas para Bremer soaria como um convite.

Não posso dizer nem que sim nem que não. Ele foi piloto de lancha, depois caminhoneiro. Mas tanto faz, ela disse, agora está em algum lugar por aí. Vai sobreviver. Não é nenhum herói. Provavelmente deve estar tocando para enfermeiras alguma música com o pente. Nisso sim ele é bom. Consegue enrolar as pessoas, não só as mulheres. Mas não estou nem aí. Desde que o Estado pague a pensão das crianças.

Duas crianças?

Sim, um filho, de dezesseis. Está em algum lugar no Vale do Ruhr, com a artilharia antiaérea. Espero que o garoto esteja bem. E uma filha, que — ela interrompeu o que ia dizer, não disse que a garota tem vinte, meu Deus, já tem vinte anos, em vez disso disse que a Edith está estudando, apesar de já ter concluído o curso de assistente médica há dois anos. Mora em Hannover.

Lá, os ingleses já chegaram. Também em Petershagen. Para esse pessoal, a guerra já acabou.

Espero que não tenha havido estupros.

Não, não com os ingleses.

Ela o observou e viu em seu rosto que estava pensativo, está calculando, ela pensou, está calculando a sua idade. Neste momento, está se dando conta que você podia ser mãe dele, esse olhar, que não se dirigia a ela, mas apenas a uma parte dela, na superfície. Perturbada, virou-se para o fogão e mexeu a falsa sopa de caranguejo que fervia, provou, colocou mais um pouco de sal e endro seco. Logo, logo está pronto, disse.

Eles haviam conversado, tinham sentado juntos em um porão, foram para casa na chuva debaixo de uma lona. Nada mais. No princípio.

Enquanto contava isso, ela tricotava a colina da direita no pulôver, de vez em quando — lentamente —, suas mãos apalpavam os pontos. Então as agulhas voltavam a trabalhar. Eu quis saber o que ela fazia na cantina, na época. Cozinheira? Não. Eu era a diretora. Por exemplo, organizava a comida e coisas do tipo. Mas a minha formação é de fabricante de bolsas, malas e acessórios. Coisas de couro.

Profissão interessante. Mas não consegui nenhuma vaga depois que terminei o curso, então trabalhei de garçonete no Café Lehfeld. Lá, conheceu seu marido, o Willi, que todos chamavam de Gary. Ela o atendeu, e ele quis lhe pagar um café com rum. Ela disse — naturalmente e sem pestanejar — que não e perguntou se ele achava que era o imperador da China. Mas é claro, ele disse, tirou um pente do bolso da calça, envolveu-o com o fino guardanapo de papel e começou a soprar a melodia de *Immer nur lächeln*. As conversas no café cessaram, todos olharam para os dois lá do outro lado, e então rapidamente ela disse que sim. Na primeira noite eu já estava grávida, apesar de meu médico ter dito que eu não podia engravidar por causa da dobra que tenho na tuba uterina. Parei de trabalhar depois do segundo filho. Então fui obrigada a prestar serviço na cantina durante a guerra, primeiro no setor de contas e depois, com o início da campanha russa, quando o diretor da cantina foi convocado, assumi o posto como sua "representante", vamos dizer assim. A repartição é muito importante na guerra, portanto a cantina também. O cozinheiro é bom, um mágico, um vienense, o nome dele é Holzinger, tinha cozinhado em Viena no Erzherzog Johann. Pode fazer uma refeição com realmente qualquer coisa. Temperos, ele dizia, esse é o segredo. Na língua, os temperos são lembranças do paraíso. Ela colocou os pratos na mesa, retirou da gaveta os guardanapos de seda — engomados, há mais de dois anos sem uso —, buscou na câmara a garrafa do Madeira que ganhara do diretor da repartição pelo seu quadragésimo aniversário quase três anos atrás, entregou a Bremer um saca-rolhas.

Colocou três velas sobre a mesa. Três de uma vez? Claro, economizar para quê?, disse, também buscou da câmara o pequeno pedaço de manteiga que deveria durar três dias e pôs no prato dele, três fatias de pão preto, serviu a sopa, jogou por cima um pouco de salsa que cultivava em uma caixa na janela da sala. Saúde, disse ela, e brindaram com o Madeira. Um vinho tão doce que colou a boca de Bremer. Bom apetite, ela disse, mas feche os olhos! Obediente, ele sorveu a sopa de olhos fechados. É mesmo, ele disse, tem gosto de sopa de caranguejo, mesmo. Ele não lhe contou que há apenas seis semanas havia comido lagosta e caranguejo em Oslo, com creme de raiz-forte. É mesmo, pensou, enquanto tentava comparar esse gosto com aquele de seis semanas atrás, talvez fosse por causa da fome, essa fome de cão, há três dias não comia uma comida quente, não conseguia engolir de uma vez só, precisava saborear, comer lentamente. Os olhos dela eram transparentes. Sim, tinha gosto de sopa de caranguejo, era só fechar os olhos; de longe, tinha gosto de sopa de caranguejo, só não tão penetrante, para falar a verdade, muito melhor.

Ela nunca gostou de cozinhar. Talvez fosse por causa do pai, que ficava lá sentado devorando a comida, ausente. Ela sempre buscou uma imagem como comparação, até que se lembrou do cão de guarda que ela observava quando criança na fazenda do tio: sempre que recebia aquelas tripas, devorava-as mecanicamente. Se alguém o importunasse, rosnava, mostrava os dentes e em seguida voltava a comer.

Sem vontade, ela havia cozinhado para si e para o marido e, para ser sincera, também havia cozinhado sem vontade para as crianças quando o marido não estava em casa. Mas então, estranhamente, quando tudo estava faltando, quando outras pessoas perdiam a vontade de cozinhar porque mal havia ingredientes, foi aí que começou a ter vontade de cozinhar. Divertia-se em se virar com tão pouco. Procurava traduzir sabores. Aventurava-se com receitas que, antigamente, quando ainda havia todos os ingredientes, nunca teria cozinhado. Fazer muito com pouco, ela dizia, cozinhar com as lembranças. Conhecia-se o sabor, mas não se tinha mais os ingredientes, era isso!, a lembrança daquilo que não se podia mais ter, ela buscava uma palavra que pudesse descrever esse sabor: um sabor de lembrança.

De tempos em tempos, enquanto bebiam o vinho — que era tão doce quanto licor —, também continuavam provando a aguardente. Vai nos dar dor de cabeça, ela disse. Mas hoje não importa. Sim, ele disse, amanhã é outro dia. Pouco importa se vou ficar com dor de cabeça ou não, também não vai importar para os tanques ingleses.

Por um momento, ela ficou sem saber o que dizer. Nada, não há nada a dizer, disse para si mesma, eu deveria simplesmente abraçá-lo.

Ela comentou que aquela velha música — "o pior já passou, já não há mais perigo" — agora já não podia mais ser tocada no rádio. E por quê? Todos conheciam a nova letra: "o pior está por acontecer, aí vem o perigo, primeiro explode Adolf Hitler, depois o seu partido".

Estava quente na cozinha, não tão quente que precisasse tirar o casaco do tailleur, mas ela estava pegando fogo. Ficou sentada só de blusa junto à mesa da cozinha, e Bremer deve ter visto de perto o que pude ver nas fotos: seus seios redondos. Ela serviu-lhe mais uma dose da aguardente de pera. Seu colega havia destilado essa cachaça escondido, na pequena horta que mantinha no subúrbio. Ele ia juntando as peras em um tonel. Naquela noite — que até então estava tão silenciosa —, o canhão de oitenta e oito milímetros do bunker de Heiligengeistfeld deu um, dois tiros, Lena Brücker contava junto, três, quatro, cinco. Esse era o sinal para o alerta de aviões, desde que não havia mais energia. Devemos ir para o porão? Não, ele disse.

Ela se levantou — depois de uma breve hesitação —, lá estava ela já de pé, tinha dado o primeiro passo e disse para si mesma, e se ele não quiser, se tiver medo, se recuar, ou mesmo se apenas contrair o rosto, um pouquinho, só um espasmo, e então como é que vai ser? Ela se aproximou, sentou-se ao seu lado no sofá. Brindaram com o resto do vinho Madeira. Tomara que eu não fique enjoada, pensou ela, tomara que eu não precise vomitar. As bochechas dele, com manchas vermelhas, queimavam, mas talvez tenham sido só as dela. Ao longe, ouvia os tiros do canhão. Não caíam bombas. Se você quiser, disse ela, pode ficar aqui.

E mais tarde, no quarto gelado, na cama de casal branca e robusta em que havia deitado sozinha durante cinco anos, ela disse, se você quiser, pode ficar "mesmo" aqui. E pronunciou esse "mesmo" de uma forma tão fortuita quanto natural. Uma palavra imprecisa, mas que mesmo assim — e ela sabia disso — era uma palavra que decidiria o futuro dos dois.

Bremer estava deitado sobre o travesseiro, o braço sob a cabeça, e ela olhava as brasas do cigarro dele. Vêm visitas? Às vezes. Mas ninguém para quem eu precise mesmo abrir. É o último apartamento. Dificilmente alguém sobe até aqui. E se subir, você pode se esconder na câmara. Eu tranco por fora. O rosto dele iluminou-se por instantes. Ao longe, ainda se podia ouvir os tiros do canhão. Não estavam mais bombardeando as pontes do Elba, as pontes que tentaram destruir nos últimos anos. Agora queriam conquistá-las danificando o mínimo possível. Bombardeavam os submarinos no porto. Só então ela percebeu que ele havia adormecido. O cigarro aceso entre os dedos. Com cuidado, retirou e apagou. Deitou-se ao seu lado e ficou observando-o, os contornos pouco nítidos na sombra, escutou sua respiração regular, com cuidado acariciou seu braço, naquela curva onde braço e ombro se confundiam.

Às quatro horas, o despertador tocou. Imediatamente, ele pulou da cama. Ela escutou-o ir ao banheiro, mijar, se lavar. Retornou. Ela estava deitada na cama apoiando-se em um braço e observava como ele, sem dizer nada, sem olhar na direção dela, vestia a cueca cinza, a camiseta de baixo, a camisa, depois a calça azul. Caminhou pelo apartamento como se procurasse algo, abriu as portas, olhou dentro da câmara, nos dois armários grandes e, pela janela, a rua escura lá embaixo (da qual só se podia ver um pedacinho). O prédio em frente era um pouco mais baixo. Bremer ficou ali de pé, mirando a escuridão e pensando em como haviam lhe instruído a atirar com a bazuca antitanque nos últimos dois dias. Um sargento-ajudante com cruz de cavaleiro, oito bandeirinhas no pulso, ou seja, oito tanques esmagados com a mão. Um grupo de homens da Volkssturm, dois músicos militares, dois cabos de estado-maior, escrivães de um estado-maior qualquer, alguns soldados da marinha e muitos membros da Juventude Hitlerista. A bazuca antitanque é brinquedo de criança, tinha dito o sargento-ajudante. Só tem que ficar calmo e de sangue frio, deixar o tanque se aproximar até cinquenta metros, então pôr a bazuca sobre o ombro, enquadrar o objeto na mira, segurar firme, prender a respiração, disparar, mas cuidando que não haja ninguém de pé atrás de vocês, senão esse aí vai ser assado como um frango. Bremer havia atirado com uma bazuca nas ruínas de um muro. O projétil explodiu na área indicada, pedaços de tijolos voaram para todos os lados. Bom, disse o instrutor, o tanque agora seria entulho. Só que os tanques não ficavam parados na paisagem como os muros. Tanques se locomoviam. Geralmente eram vários. E atiravam. Quando se aproximavam, viravam colossos de aço barulhentos, gigantes e monstruosos. Por isso, era necessário aprender a cavar um "buraco para um homem". O instrutor mostrou como se cavava um desses, que dificilmente podiam ser vistos pelos soldados do tanque. Cuidadosamente, colocavam-se jornais ao redor do buraco e cobriam-nos com terra, para mais tarde se poder tirá-la. Terra escura amontoada, mesmo que apenas um restinho, revelava a posição do atirador. Imediatamente os tanques passavam a concentrar o fogo ali. E começavam a se mover em direção ao buraco.

Somente mais tarde, com o curso encerrado, quando os membros da Juventude Hitlerista já haviam ido para casa, o instrutor contou aos camaradas da marinha o que pode acontecer quando os tanques se aproximam. Ele havia vivenciado isso com um amigo, disse, bêbado de aquavit dinamarquesa originária de um depósito de alimentos liberado, então, ele disse, você está sentado nesse pequeno buraco, o tanque passa por cima, primeiro girando com o trilho direito, depois com o esquerdo, e vai afundando assim, e aí você está sentado na sua cova, cavada com suas próprias mãos, vendo o aço se aproximar cada vez mais. Enfim. Saúde, ele disse, um brinde a esse céu de aço.

Venha cá, ela disse quando ele retornou, e estendeu-lhe a mão. Bremer despiu calça, camisa e camiseta de baixo, segurou a mão estendida e subiu na cama balançante. Foi assim que ele, Hermann Bremer, um contramestre, tornou-se um desertor.

II

O que terá pensado Hermann Bremer quando tornou a subir na cama, para junto de Lena Brücker? Estava com medo? Remorso? Dúvidas? Pensou ele, sou um traidor, alguém que deixa os camaradas na mão? A cada círculo do ponteiro dos segundos no mostrador do seu relógio, mais ele se afastava — a cabeça deitada no ombro de Lena Brücker — da tropa, abandonava os camaradas, que agora subiam nos caminhões, davam a partida nos motores, um solavanco, o fedor da fumaça do diesel, eles se agachavam no baú, esperavam. O primeiro-tenente olhava — como Bremer — para o relógio, vamos esperar mais um pouco, os soldados estavam lá sentados, mudos, alguns fumavam, outros dormiam, as lonas militares puxadas sobre a cabeça: homens da Volkssturm, soldados da marinha, os dois músicos militares, fazia frio, e a chuva continuava caindo. O primeiro-tenente ergueu o braço no ar, subiu no primeiro caminhão. Os quatro caminhões partiram em direção às pontes do Elba, Harburg, Buchholz. Lá, crianças, mulheres e homens idosos já haviam cavado trincheiras. Anos mais tarde, quando menino, eu fazia buscas com outras crianças tentando encontrar essas trincheiras. Com uma pá, retirávamos um pouco da terra das bordas que havia sido derrubada dentro das trincheiras e encontrávamos panelas e cantis abaulados, capacetes de aço, cartuchos e baionetas enferrujados, de vez em quando também uma carabina. Uma vez, Georg Hüller encontrou até mesmo uma metralhadora MG 42, a "serra do Hitler", e em outra ocasião uma cruz de ferro, com ferrugem até a borda de prata. Lá não havia restos de uniformes pendurados, também não se encontravam vestígios de algum esqueleto. A condecoração jazia entre fivelas de cinturão, ganchos de carabina, máscaras de gás, cartuchos e cantis, tudo enferrujado. Do cantil ainda gotejava um líquido amarronzado que lembrava chá. Lixo de uma guerra que estava chegando ao fim. Nessa linha, como também em outras, não ocorreria mais uma batalha final, só um tiroteio, uma ou duas escaramuças, então o recuo dos alemães, que há tempos não formavam mais uma unidade.

Mas isso Bremer não podia saber. Estava com medo: medo de ficar na casa de Lena Brücker e medo de ir para o front. Ele tinha essa escolha: desertar e provavelmente ser fuzilado por deserção por sua própria gente, ou ir para o front e então ser dilacerado por um tanque inglês. Nas duas alternativas, o que contava de fato era apenas isto: sair ileso. Mas qual delas oferecia as maiores chances? Essa era a pergunta, e a busca pela resposta fez com que se revirasse inquieto para lá e para cá, tanto mentalmente quanto sobre a cama.

Ao encerrar suas férias em Braunschweig há duas semanas e retornar para Kiel, tinha passado um tempo justamente em Plön. Lá, havia se apresentado ao comandante, mostrara seus documentos militares. Para a sobrevivência na guerra, que se encontrava naquela fase final em que tudo se desfazia, o resguardo das formas burocráticas tornava-se cada vez mais importante. Era necessário comprovar onde, quando, como e para qual lugar você estava se locomovendo, de modo a não ir parar em alguma corte marcial nazista. Ele foi destinado a um alojamento no ginásio de uma escola, onde estava acomodado o estado-maior de uma divisão. De manhã cedo, foi acordado por uma gritaria, ordens de comando, botas com pregos na sola marchando sobre o piso. Pegou seu material de barbear e foi até o corredor. Aquele cheiro de escola lhe causava repulsa, um cheiro de cera para piso, suor e medo de estudante. Três soldados vieram no sentido oposto. Dois deles carregavam fuzis; o do meio, um homem ainda jovem, talvez dezoito ou dezenove anos, trazia as mãos às costas e — Bremer imediatamente percebeu — não tinha abotoado o uniforme direito; além disso, havia uma palha no cabelo despenteado. Os três se aproximaram, nenhum deles — todos soldados rasos — fez menção de ceder espaço para ele, o contramestre (no mínimo equivalente a um sargento), de tal forma que foi obrigado a se encostar na parede para deixar que passassem. O homem — não, o jovem — no meio caminhava mirando o chão à frente, como se procurasse algo; ao chegar onde Bremer estava, ergueu a cabeça e lhe dirigiu o olhar, um olhar apenas, sem medo, sem pavor, nada disso, um olhar para dentro do qual Bremer parecia estar sendo sugado, então o jovem baixou novamente os olhos, como se tivesse que cuidar para não tropeçar. As mãos estavam presas às costas com algemas. Enquanto se lavava em uma pia para crianças, muito baixa para ele, Bremer pensou, agora se extinguirá aquilo que aquele olhar havia capturado — portanto também eu serei extinto. Mais tarde, agachado na privada, ouviu a salva de tiros.

Na sua cabeça, que jazia sobre o ombro macio de Lena Brücker, Bremer se ocupava com as perguntas: ficar deitado ou levantar? Não deveria tentar sair correndo no último minuto, no último segundo? Não por estar pensando no seu juramento à bandeira, por considerar indigno simplesmente desaparecer sem avisar ninguém, mas sim porque estava colocando suas chances de sobrevivência na balança: ficar aqui e aguardar até que a guerra chegue ao fim, ou sair de fininho rumo a algum lugar na charneca de Lüneburg, misturar-se à paisagem, então deixar que os ingleses o prendessem, o que, segundo ouviu, era muito mais difícil do que se imaginava. Trocava-se um sistema de organização por outro, inimigo. Isso facilmente gerava mal-entendidos mortais. Ou deveria aguardar o fim da guerra aqui, sob o risco de ser descoberto e fuzilado? Sobretudo porque a partir de agora dependia totalmente dessa mulher que conhecera há apenas poucas horas.

Perto do meio-dia, foi acordado por uma dor latejante na cabeça. Lavou-se na pia do lavabo, manteve a cabeça por um bom tempo sob a água fria. Vestiu o uniforme. Olhou-se no espelho, a fita da cruz de ferro de segunda classe, a placa de Narvik e o emblema prateado de cavaleiro. Pensou, aquilo ali não o ajudaria mais caso fosse descoberto agora. Ele havia feito algo definitivo, quer dizer, precisamente falando não havia feito nada. Eu fui numa direção e aqui, neste apartamento no último andar, não posso mais voltar atrás. Só sairia de lá quando os ingleses tivessem tomado a cidade. Parado junto à janela da cozinha, olhou lá para baixo através da cortina. Uma rua silenciosa e estreita, sem nada de verde, jazia lá embaixo, e, cruzando-a, uma ruela. De vez em quando, via mulheres passando lá embaixo com baldes. Vazios, quando desciam a rua; com água transbordando, quando retornavam. Naquela rua, portanto, devia haver um hidrante. Uma hora passou um soldado mais velho, um homem da Landwehr, a guarda regional, com perneiras sobre o coturno, a sacola do pão pendurada no cinto, o cantil, o modo como se arrastava, curvado, os pés chatos voltados para dentro. Trazia às costas uma carabina antiga; se Bremer reconhecia bem, uma carabina confiscada dos poloneses. Um capitão do exército surgiu no sentido contrário, e os dois encontraram-se exatamente no meio da rua. O homem da Landwehr mal ergueu a mão, não chegou nem até o chapéu, um gesto indolente que apenas indicava o que deveria ser, uma saudação militar. E o capitão, em um casaco longo e cinza de corte bem justo, provavelmente feito por um costureiro de uniformes, não o repreendeu, não disse: homem, levante imediatamente esses ossos, a mão espalmada deve ser levada à borda do chapéu, tocá-lo de leve, e o canto da mão deve ficar precisamente em um ângulo de setenta graus e assim por diante, não, o capitão passou e apenas acenou com a cabeça. Na mão direita, porém, trazia uma sacola de compras. Dentro, batatas. Um capitão do exército que carrega na rua uma sacola de compras com batatas — sem dúvida: a guerra estava perdida.

Como a cidade estava silenciosa! Às vezes ele escutava vozes. Crianças brincando. E, de vez em quando, ao longe, o fogo das peças de artilharia. Lá, no sudoeste, ficava o front. Então, ele descobriu a mulher. Estava lá embaixo diante da entrada de um prédio, uma mulher jovem, em um casaco marrom. Chamavam a atenção nela as meias de seda claras, algo que, no sexto ano de guerra, apenas raramente se via. Meias-calças de seda cor de carne. Bremer caminhou pelo apartamento, deu uma olhada no armário da sala, de bétula, polido, a parte do meio: folhas de vidro amarronzadas, emolduradas em alumínio. Havia, no armário, algumas taças de vinho coloridas, lustradas, bordôs. Uma mesa com cadeiras escurecidas com verniz. Aqueles móveis bem poderiam estar em algum apartamento grande e caro. Em um porta-revistas de madeira, estavam várias revistas ilustradas. Folheou-as, viu as fotos de acontecimentos de meses, anos atrás. Tanques na entrada de Moscou. O capitão-tenente Prien com a cruz de cavaleiro no pescoço. Sauerbruch visita um hospital militar de campanha. Bremer encontrou palavras-cruzadas e começou a resolver uma delas. De tempos em tempos, levantava e ia olhar a rua lá embaixo. A mulher continuava no mesmo lugar. Crianças passavam correndo, e toda hora aquelas mulheres com baldes de água, tanto vazios quanto cheios. De vez em quando, passava um homem; uma hora, passou um cabo em uma bicicleta, provavelmente um mensageiro. Após pouco mais de uma hora, a mulher se foi. Uma velha e uma jovem empurravam uma carroça, lá dentro havia madeira de escombro despedaçada. Bremer leu uma matéria sobre o Afrika Korps, a força militar da Alemanha na Líbia. A revista era de três anos antes. Uma notícia de um mundo distante. Sob o sol africano, soldados alemães preparavam ovos fritos na chapa de aço do tanque. Uma foto mostrava o general Rommel debaixo de palmeiras. Tropas alemãs marchando rumo ao Canal de Suez. John Bull sofreu um duro golpe, era o que dizia uma legenda. Um soldado inglês ferido, recebendo curativos de um socorrista alemão. Ao fundo, um tanque abatido, de cuja escotilha sai fumaça escura. Agora o John Bull está no rio Elba, pensou Bremer.

Escutou um barulho de motor e correu para a janela. Lá embaixo, um jipe passava bem devagar. Dentro estavam três soldados da SS. O jipe parou. O motorista acenou para uma mulher, chamando-a, e dirigiu-lhe a palavra. A mulher apontava ora para um lado, ora para o outro. E então apontou na direção do prédio, em cujo andar mais alto, atrás da janela, Bremer estava. O jipe voltou de ré, lentamente. Nesse instante — sobre o qual ele contou a Lena Brücker mais tarde —, quase despencou do apartamento de susto. Mas então, apavorado, perguntou-se se haveria uma escada de incêndio no prédio, provavelmente os soldados da SS já estariam subindo as escadas do corredor quando descesse correndo. Foi assim que lhe passou pela cabeça a ideia maluca de fugir para o sótão e por ali, através de alguma janelinha, subir no telhado, ficando de pé na calha, aninhado nas telhas inclinadas. E a todos esses pensamentos conturbados que subitamente lhe ocorreram juntou-se outro, uma suspeita, a mais maluca de todas, mas que só agora, que Lena Brücker estava lá, comprovava-se maluca, precisamente falando era a mais plausível na hora, ele disse, a suspeita de que ela o tivesse denunciado à polícia, por medo, medo de morrer, pois quem esconde desertores é fuzilado ou enforcado. Ou, disse Bremer, ele chegou a pensar que alguém o tinha visto na noite anterior, quando subiu com ela, alguém que não conseguia dormir e que olhara pela janela há pouco, como Bremer também fizera. Ele imaginava uma mulher parada junto à janela observando a rua à noite, viu-se entrando no prédio com Lena, sob a lona. Ficou escutando atentamente junto à porta do apartamento. As escadas do prédio estalavam sob passos cautelosos e perscrutadores. Não, a escada do prédio estava silenciosa. Só se ouvia algumas vozes lá embaixo, muito distantes. Bremer ficou ali de pé por um longo tempo e, como nada se mexia e nada se ouvia, acalmou-se um pouco, e conseguiu se acalmar mais com o pensamento de que deve ter sido um acaso que fez a mulher apontar em direção ao prédio. Foi outra vez até a janela da cozinha. De vez em quando, via as mulheres e crianças com os baldes, pedestres. E, ao longe, vindo da rua Wexstrasse, ouviu o barulho do motor de um caminhão da Wehrmacht.

Foi para um caminhão desses que Lena Brücker havia acenado de manhã cedo. O veículo parou, na cabine havia dois soldados da aeronáutica — entre os dois, uma mulher. Para onde? Para Eimsbüttel. Entra aí, disse o motorista. Lena Brücker subiu. Mal o caminhão partiu, teve início uma confusão tateante de mãos. O que não estava dirigindo, um cabo, se agarrava com a mulher, a mão desaparecendo sob a saia. A mão direita da mulher acariciava um pouco mecanicamente a coxa do cabo, aquele pano de uniforme cinza que pinicava terrivelmente, enquanto a mão esquerda desaparecia na braguilha aberta do motorista, que, quando não tinha que trocar de marcha, também enfiava a mão sob a saia, e quando o cabo, com sua mão direita, sem olhar, buscou às apalpadelas o joelho de Lena Brücker, ela segurou seu pulso e disse: não estou a fim. De súbito, os três interromperam o que estavam fazendo, por um momento apenas, sorridentes e absolutamente compreensivos, de forma alguma brabos ou recriminatórios, a mulher e o que não estava dirigindo olharam para Lena Brücker, para logo depois voltarem a se concentrar um no outro. Um riso abafado, arquejos, gritinhos. Eu só pensava, tomara que não bata num poste, ele dirigia devagar, mas aos solavancos. Chegou até a fazer um caminho mais longo e me largou como um táxi na frente da repartição.

A senhora Brücker sorriu, deixou o material de tricô descansando no colo por um instante.

Pois é, disse, no que diz respeito a esse tema, eu não era pudica, mas sempre fui seletiva. Não faltavam ofertas. Mas falando sério, disse a senhora Brücker, os caras eram tão grosseiros e diretos, já chegavam agarrando, ou tinham um cheiro que não gosto, é fato, na época os homens tinham um cheiro ainda mais forte de tabaco barato, comida fria e sebo, não havia muito sabonete mesmo. Ou olhavam para você com aquele olhar de tarado. Eu estava livre, é verdade. O marido longe. Não precisava perguntar a ninguém, dar satisfação a ninguém, só a mim mesma. Mas só estive uma vez com um homem naqueles seis anos. Foi no réveillon de 1943. Nessa noite, haviam se reunido algumas pessoas lá da repartição, muitas mulheres, também os poucos homens que estavam de licença do serviço militar. Ela dançou muito tempo com um homem que era responsável pela distribuição da farinha. Um bom dançarino, que podia valsar para a direita e para a esquerda, que a segurava bem firme, mesmo que já estivesse um pouco tonta: ela podia se reclinar bastante, deixar a cabeça cair para trás. Até o homem não aguentar mais e ficar ofegante. À meia-noite, todos brindaram, e alguém gritou: a um ano novo feliz e em paz. Depois disso, ela ainda dançou várias vezes com o homem, lentamente e juntinho, embora teria preferido dançar bem rápido. Mas ele não conseguia mais, tinha asma. E então foram para o apartamento dele, um pequeno abrigo provisório. Sua casa havia sido bombardeada, evacuaram a mulher e os quatro filhos para a Prússia Oriental. Ele morava em uma peça. Lá dentro, uma surrada cama de casal.

Ela se sentiu mal depois disso, não por alguma espécie de autorrepulsa, pois não havia motivo, o homem era um asmático querido e tímido. Ela já o tinha observado na cantina. Em dias abafados de verão, bebia muita água e, às vezes, inalava ar com uma pequena bola de borracha. Ela acordou durante a noite e encontrou o homem com dificuldade para respirar, roncando. Estava totalmente sóbria. Ao seu lado estava um corpo estranho, gemendo. Ela se levantou e saiu silenciosamente, então caminhou através da noite, de Ochsenzoll até sua casa, um trecho de três horas que fez a pé. Um caminho convenientemente longo — pois a deixava exausta — que, aos poucos, também empurrava para longe o acontecido. Como se tivesse feito um experimento consigo mesma, cujo resultado a deixara insatisfeita. Isso ela podia refletir com serenidade, torturante era pensar no primeiro dia de trabalho no novo ano, quando, então, tornaria a ver o homem. O primeiro olhar dele, aquele olhar foi bem como estava esperando: prenhe de significados, um entendimento desconfortável, uma intimidade estúpida.

Esforçou-se para não o tratar de forma agressiva. Ela o evitava propositalmente, cuidava para que outros amigos e conhecidos estivessem por perto quando não tinha mais como sair do seu caminho, uma intrincada rede que envolvia perguntar, chamar pessoas, tornar a fazer perguntas que já haviam sido feitas, enquanto ele estava ali ao lado e a

olhava, com uma tristeza cheia de expectativas, não, cheia de censura. Até que uma vez ele a esperou sozinho na rua em frente à repartição e perguntou o que afinal estava acontecendo. O que tinha feito de errado. Nada. Mas tudo tinha sido tão bom, não tinha?
Foi sim, ela disse, e é assim que deve ficar.

Não, não tinha sido bom, disse a senhora Brücker. Ou, por um momento, foi muito bom. Mas antes e depois disso, não. Eu estava totalmente livre, é verdade, mas mesmo assim foi como, vamos dizer dessa forma, uma pulada de cerca. Talvez eu fizesse isso com mais frequência se os homens depois desaparecessem, simplesmente fossem engolidos pelo chão. Mas quando os encontrava, cada gesto, cada cheiro, cada olhar era também uma lembrança daquilo que não gostava neles.
E com o Bremer?
Com o Bremer, não. Me senti atraída de cara. Por que alguém atrai você? Digo, antes mesmo de abrir a boca. Imediatamente. Não através dessa aproximação chata. Quando escuto isso... Amor surgido da intimidade. Tudo besteira. Um tédio. Com o Bremer foi diferente, bem diferente.

O Hugo entrou no quarto, o voluntário com rabo de cavalo e um brinco dourado, jaleco branco, empurrava um carrinho. As rodas de borracha rangiam no contato com o revestimento sintético cinza. Sobre o tampo esmaltado do carrinho havia potes, caixas e garrafinhas com pomadas, comprimidos, sucos.
Ah, chegou a ração para velhos, disse a senhora Brücker.
Hugo despejou três pílulas rosas na sua mão estendida,

foi até a pequena cozinha conjugada e trouxe um copo de água. Com a ajuda do Hugo eu consigo ficar aqui, ela disse, querem me mandar para alguma seção de tratamento. Mas eu sempre digo: pessoa sem fogão não merece consideração. Eu queria preparar uma currywurst para o Hugo alguma vez, mas é claro que ele prefere döner kebab. Não, falou o Hugo, se for pra comer algo rápido na rua, então uma pizza.

 Hugo segurou a parte da frente do pulôver: o chão era marrom-claro, em um vale acumulava-se um pouco do azul do céu, e o tronco marrom-escuro de um pinheiro estendia--se alto no azul, à direita. Legal, disse ele, agora é só colocar mais céu e dentro dele os galhos do pinheiro. Venho olhar de novo mais tarde.

 A senhora tinha curry na cantina?, perguntei, para tentar trazê-la de volta ao assunto.

 Curry, até parece!, não tinha, não. Estávamos em guerra, não estávamos? Imagina, não foi tão simples assim. Pegou o material de tricô, orientou-se apalpando as bordas, contou os pontos, calada, então um murmúrio, trinta e oito, trinta e nove, quarenta, quarenta e um. Começou a tricotar. Naquele dia, eu só esperava a hora de voltar para casa. Vesti o avental, fui até a cozinha da cantina. Holzinger já estava esperando. Hoje temos que preparar peixe, ele disse. O orador do partido está vindo aí fazer uma visita. Quer dar um discurso nos conclamando a resistir. Holzinger tinha trabalhado durante anos no Erzherzog Johann como segundo cozinheiro de molhos. E, mais tarde, como primeiro cozinheiro de molhos no Bremen, um navio de passageiros. Deve ter sido fora de série na cozinha, hoje certamente gerenciaria um restaurante duas estrelas. Quando a guerra começou, Holzinger fora obrigado a servir na cantina da emissora de rádio do Reich, em Königsberg. O espírito necessita de cardápios de primeira linha, tinha dito Goebbels, senão fica sem ideias, resmungão. Um estômago vazio aprofunda todas as dúvidas. Flatulência e azia deixam todas as sombras ainda mais escuras. Por isso, é necessário que haja bons cozinheiros trabalhando nas repartições centrais de propaganda. Nenhuma classe profissional é tão corruptível por boa comida quanto a dos intelectuais.

Holzinger assumiu a cantina da emissora do Reich. Poucos meses depois, vários locutores e redatores passaram a sofrer de gastroenterite, estranhamente sempre na hora de informar vitórias militares. A vitória sobre a França foi festejada, hastearam-se bandeiras, tocaram-se marchas, a Avenida da Vitória, em Berlim, foi coberta de flores, o Führer conferiu o desfile com seus olhos azul-ciano, mas o comentarista da emissora do Reich em Königsberg estava ajoelhado no banheiro vomitando. Como o mesmo já havia acontecido quando informaram as vitórias sobre a Dinamarca e a Noruega e se repetiu na conquista de Creta e de Tobruk, começaram a suspeitar de Holzinger. Ninguém nunca ouviu uma palavra crítica saindo da sua boca, o que só aumentou a suspeita de uma especial malícia. Existe — eu já escutei — uma gravação de rádio na qual um locutor começa a engasgar durante as palavras *nossos vitoriosos paraquedistas*, depois de *Creta* há um buraco acústico, o microfone é brevemente desligado pelo locutor, então segue um *foi conquistada* em forma de arroto, que encerra em barulho de vômito. Fim da transmissão.

Holzinger, depois que deveria ter sido informada a subida no monte Elbrus por vitoriosos caçadores de montanha alemães, mas o locutor do rádio em serviço contorcia-

-se no sofá da redação com cãibras estomacais, foi chamado ao escritório da Gestapo. Pôs a culpa nos mantimentos que lhe foram enviados. Afinal, ele não podia desinfetar a salada, o mesmo valia para o leite de manteiga. E além disso, a água! Estão ocorrendo muitos casos de gastroenterite na cidade, respondeu Holzinger. Ele mesmo teria sofrido de cãibras estomacais junto com o locutor. Isso convenceu o funcionário da Gestapo. Holzinger foi mandado de volta. Deveria permanecer em casa em um primeiro momento e se obrigava a guardar silêncio sobre o interrogatório. Foi dispensado da emissora e transferido para a repartição de alimentos em Hamburgo. Ninguém, nem mesmo o próprio Holzinger, sabia dizer por que fora transferido justamente para Hamburgo.

Três semanas após o começo do trabalho de Holzinger, Lena Brücker foi chamada ao escritório da Gestapo. Um funcionário lhe disse que havia sido indicada para diretora da cantina. Perguntou se algo em Holzinger havia lhe chamado a atenção, se ele se expressara de forma depreciativa sobre o partido, sobre o Führer. Não, nada nesse sentido. Se a comida era gostosa? Ele é um mágico, disse Lena Brücker, faz uma refeição com quase nada, e com alguma coisa faz uma refeição excelente. E como? Seu segredo é o modo como tempera. O funcionário, um homem jovem, simpático e tranquilo, mordiscava o lábio, o pensamento perdido ao longe. Ela deveria avisar caso Holzinger fizesse declarações derrotistas. Se ela era do partido? Não. Hum. O homem ordenou-lhe que guardasse silêncio. Com isso, foi dispensada. Lena Brücker contou a Holzinger que lhe fizeram perguntas sobre ele. Desde então, ela sempre encomenda peixe quando vem Grün, o orador regional do partido, como hoje. O pai de Grün tivera uma peixaria, e Grün enfatizou várias vezes que ficava enjoado só de sentir o cheiro de peixe. Quando menino, teve que pescar peixes do tanque de água natural com um puçá, então anestesiá-los com uma pancada na cabeça, abri-los e limpá-los.

Lena Brücker telefonou para o mercadão, disseram-lhe que sequer um único peixe havia aportado lá. Nenhum navio pesqueiro a vapor estava mais subindo o Elba, porque lá do outro lado, na outra margem, já estavam os tommies. Ela ligou para um açougue de qualidade inferior, que vende carne de animais mortos por acidente, e eles tinham vários quilos de bucho. Na noite anterior, bombas haviam caído no bairro de Langenhorn, uma delas bem ao lado de uma fazenda, uma mina aérea. O estábulo ficou de pé, mas janelas e portas voaram longe. Todas as vacas jaziam apetitosamente mortas. De seus corpos foram tirados somente os pulmões.

Bucho, queremos encomendar vinte quilos de bucho.

Muito bem, disse Holzinger, vamos cozinhar dobradinha. A gente estocou batatas.

Lena Brücker arrumou as mesas dos diretores. Isso era ela que fazia. Até mesmo guardanapos de papel havia ainda. Seis meses antes, chegara um carregamento para os próximos mil anos. Os guardanapos também estavam sendo usados como papel higiênico.

Ao meio-dia, reuniram-se na cantina todos os funcionários da repartição de alimentos. O orador Grün, de ar pálido em seu uniforme marrom, veio com o Dr. Fröhlich, o chefe da empresa, ele também no uniforme marrom do partido, botas de cano alto marrons de caimento macio, camisa engomada marrom-clara, abotoaduras douradas nos punhos.

O orador Grün não usou meias-palavras. Comparou a cultura europeia com a praga judaico-bolchevique. Aqui o pensamento da totalidade, lá o dividir, decompor, criticar. Positivo, negativo. Ou seja: confiança no futuro e coragem como definidores do pensamento alemão. Em oposição à inconstância, ao excesso de críticas, ao derrotismo — coisas judaicas. Então da boca de Grün surgiram comparações: Leningrado e Hamburgo, Moscou e Berlim. De repente, todos começaram a ouvir com interesse, sim, ele disse isso abertamente: naquela época, os russos pareciam ter chegado ao fim, mas então defenderam Leningrado, cercaram-na, três anos, os russos defenderam a cidade com unhas e dentes e fizeram da maior derrota uma vitória. Como faremos agora. Grün teve sua vitória definitiva ao mostrar que quem está deitado no chão, se esse chão é o da sua pátria, pode então defendê-lo muito melhor, porque o conhece. Assim Hamburgo será defendida, rua por rua, casa por casa. Cada um que se esquivasse, que covardemente saísse de mansinho, seria um traidor da nação, um ser repugnante, um foco de doenças que precisa ser extinguido. A vontade comum. Certamente os ingleses se surpreenderão com essa resistência fanática que se abaterá sobre eles. E para isso é importante que esta repartição, responsável pela distribuição de alimentos, também colabore, que cada compatriota receba a porção que tem direito, ou seja, força, força para a vitória definitiva: é isso que os cupons de alimentos significam. Então Grün citou Hölderin, não para Lena Brücker, que afinal só organizava a cantina, marcava nos cupons as porções já distribuídas, controlava a lavagem da louça, arrumava as mesas para os diretores; em vez disso, ele citou Hölderin especialmente para todos os chefes de repartição, juristas, economistas. Para mobilizar e fortalecer suas mentes tendo em vista a seriedade da situação. Sieg Heil!

O orador Grün sentou-se, enxugou o suor da testa. O Dr. Fröhlich levantou-se e prometeu, até a vitória definitiva esta repartição cumprirá seu dever, que é suprir a população com mantimentos e, se necessário, também se defenderia a repartição com armas em punho. Foi sentar-se junto a Grün e aos outros diretores compatriotas na mesa da cantina. Lena Brücker atendeu os senhores. O orador Grün disse que precisava partir em seguida; em meia hora, falaria para a equipe da fábrica de baterias Habafa. Todos precisavam trabalhar para a vitória, um último, um derradeiro esforço.

Não prove a sopa na terrina da mesa da diretoria hoje, de jeito nenhum, tinha dito o Holzinger, quero poupar os colegas da fábrica de baterias de um discurso. Foi a única vez que Holzinger deu alguma indicação da sua sabotagem na cozinha. Lena Brücker serviu a dobradinha no prato do orador regional do partido e escutou: resistir, sim, mas também lutar, armas destruidoras de tanques, claro, mas, que cheiro bom, ele disse. Dobradinha. Aaah, e cominho, aaah. Tantos "aaah", mas também tantos "mas", disse a senhora Brücker, reparei nisso naquela hora, era algo novo. Tem hora de beber e tem hora de trabalhar, disse um conselheiro do governo sentado à mesa. Mas se a gente combinasse mais os dois, talvez não fosse assim tão duro.

De repente, o orador Grün saltou da cadeira e saiu correndo, a mão na boca. O Dr. Fröhlich precipitou-se logo atrás, engasgando.

Bremer estava sentado junto à mesa da cozinha em seu uniforme da marinha, aguardando. A impressão era que queria se levantar e sair logo dali. Como se estivesse em uma sala de espera.

Levantou-se, foi ao encontro dela como se Lena Brücker estivesse retornando de uma longa viagem, abraçou-a, beijou-a, primeiro o pescoço, o queixo, aquela região atrás do lóbulo da orelha direita e da esquerda que — ele não sabia disso ainda — lhe provocava um arrepio no respectivo ombro. Recém se barbeara, ela pôde sentir na pele, escovara os dentes, ela percebeu pelo cheiro, tinha posto a gravata com esmero, bem diferente do seu marido, que apenas a enrolava em volta do pescoço quando saía do apartamento e imediatamente a arrancava do colarinho quando voltava. Ele despiu-a do casaco, começou a desabotoar o vestido, até que ela — impaciente — tirou-o pela cabeça com um puxão.

Mais tarde, ela estava na cozinha colocando a panela com as batatas sobre o aquecedor, e ele lia em voz alta o jornal, que agora consistia de uma única página: a cidade de Wroclaw continua lutando, russos cercaram Berlim, batalhas de rua cheias de baixas, as tropas alemãs haviam recuado outra vez por motivos táticos diante das divisões inglesas e americanas. Um auxiliar dos correios fora executado com uma machadinha por ter roubado correspondência militar.

Notícias do front em Hamburgo. Ocorreu um combate nas proximidades de Vahrendorf. Na região de Ehestorf, travavam-se lutas persistentes. O inimigo sofria perdas grandes e sangrentas, como sempre. As próprias baixas eram mínimas, naturalmente.

Nada se dizia ali sobre o grupo de combate do Borowski. Borowski, que tivera a perna arrancada por uma rajada de metralhadora. E nada sobre os dezessete que caíram em uma cratera, na qual provavelmente Bremer também teria ido parar naquela manhã, pois tinha sido designado para esse grupo de combate.

Como isso não aconteceu, pôde acender o cigarro que Lena Brücker lhe trouxera. Bremer disse: supimpa!, reclinou-se no sofá, disse: que nem no Natal, apesar de já estarmos quase em maio. Ela comprara um maço de Overstolz com seu cupom especial para mercadorias na loja do senhor Zwerg. O senhor Zwerg ficou bastante surpreso, pois ela havia parado de fumar há seis anos e desde então trocava os cupons de cigarro por alimentos; aliás, essa troca era feita com minha tia Hilde.

A senhora Brücker contou os pontos outra vez, brevemente. A sua tia Hilde era uma fumante inveterada.

Posso me lembrar muito bem, falei, da vez em que comi a primeira currywurst na barraquinha, com meu tio Heinz, que na verdade era só meu tio "emprestado". É verdade que ele podia saber de onde vinha uma batata só pelo sabor?

Ela murmurou outra vez, segurou o dedo exatamente no local em que o tronco marrom-escuro do pinheiro crescia do chão marrom-claro, pegou o fio marrom-escuro, tricotou sete pontos, então pegou o fio marrom-claro e disse: é verdade. Naquela época, Heinz estava na Frente Oriental, que transcorria em Mecklenburg. Era um conhecedor de batatas, assim como outras pessoas são conhecedoras de vinho. Podia saber de onde as batatas vinham só pelo sabor. E o mais incrível, ele também podia fazer isso depois das batatas terem sido assadas, cozidas, transformadas em purê. Descobria até mesmo o local de produção, assim como outras pessoas descobrem pelo sabor a localização de um vinhedo.

Ele deixava que lhe vendassem os olhos: esta batata cozida com a casca veio da região silvestre de Glückstadt. Este purê foi uma vez a famosa "granada de Soltau", uma batata parecida com uma rocha, superpesada, consistente; ou a "Maria encorpada", que se dissolvia na língua como uma farinha, uma batata daquelas só se encontrava no solo arenoso de charnecas. Esses pedacinhos de batata na sopa de nabo (com papada de porco em cubos), aquilo eram "trufas de Bardowiek", um gênero pequeno e marrom-escuro, de mordida mais consistente, com gosto de — sim, de trufas negras. E então o incomparável "chifrezinho de Bamberg". Bremer não acreditou na história e então ela disse: espere só ele voltar.

Esse *espere só* conduziu a uma pausa, a um visível espanto da parte de Bremer. Tinha escapado tão sem querer aquele *espere só*, mas revelava que ela pensava lá na frente, quer dizer, provavelmente também fazia planos. Coisa que eu não estava fazendo não, me garantiu a senhora Brücker. Pelo menos não conscientemente. Era simplesmente assim: a gente se senta junto para bater papo e se sente bem fazendo isso, e é assim que deve ficar. Eu não pensava no futuro, em viver junto, muito menos em casar — eu ainda era casada, não é? Ficar juntos, não mais que isso, mas também não menos — enquanto ele só esperava pela hora de finalmente sair do apartamento, finalmente ir para casa.

Ela tentou diminuir a importância dessa frase em seguida, ao dizer, arrumando a mesa, pois é, de um jeito ou de outro, não vai demorar muito para isso acontecer. Tomara que Heinz volte ileso. E trocou de assunto bruscamente, contou o que o orador regional do partido havia anunciado na reunião da repartição. Hamburgo será defendida. Até o último homem.

Que loucura, disse Bremer.

Ela enfiou o garfo nas batatas. Ainda estavam um pouco duras. Quanto tempo uma cidade pode ser defendida? Tempo suficiente, disse Bremer, para que não sobre pedra sobre pedra. Leningrado foi defendida por três anos. Com a diferença, porém, que aqui os tommies jogarão suas bombas. Eles já não precisam mais fazer longos voos. Decolam de Münster, Colônia, Hannover. E aqui já não há mais tropas, só velhotes, machões de escritório, músicos militares, integrantes da Juventude Hitlerista, amputados da perna, com os quais não se podia impor mais nenhum respeito. É isso, "respeito", ele gritou, saltando da cadeira, essa estava me faltando. Foi até a sala, escreveu a palavra na cruzadinha.

Nesse momento, tocaram a campainha. Por um instante, os dois ficaram ali de pé, como que petrificados. Rápido! Esconde o prato! Os talheres! O copo! Tocaram de novo, por mais tempo, com mais urgência. Espere um pouquinho! Já estou indo, ela grita, empurra Bremer para a câmara, então batem na porta pelo lado de fora, eu disse batem?, martelam. Ela corre para o quarto, junta as coisas de Bremer, o chapéu, um pulôver, meias, joga tudo na câmara onde Bremer está de pé, pálido, imóvel, estão segurando o dedo na campainha, pancadas na porta, oláááá, grita uma voz masculina, a voz de Lammers, vigilante do partido nazista no quarteirão e fiscal dos procedimentos antiaéreos, tô no banheiro, ela grita, corre na ponta dos dedos até o banheiro, puxa a descarga, pois é claro que Lammers está escutando com a orelha colada na porta, corre na ponta dos dedos até o lavabo, lá ainda está o material de barbear. Onde coloco isso? No cesto de roupa suja. Ela chaveia a porta da câmara. Oláááá, grita a voz de Lammers, a portinhola para cartas na porta do apartamento é erguida, os dedos, depois a voz de Lammers, ele grita através da fenda: senhora Brücker! Sei que está aí. Abra! Estou ouvindo a senhora. Abra agora! Já! Já vou, espera só um pouquinho. Ela destranca a porta.

Na câmara, Bremer havia se sentado cautelosamente sobre uma mala e agora espia o corredor pelo buraco da fechadura, como uma criança escondida: um par de coturnos pretos, um dos pés, o da esquerda, menor, abaulado, um sapato ortopédico, perneiras de couro por cima, um casaco militar cinza todo puído; no cinturão, um capacete de aço, um estojo para máscara de gás. Uma voz de velho está dizendo que o bloqueio de luz do apartamento precisa ser controlado. Pergunta se os baldes estão cheios com areia para apagar incêndio. Pode acontecer de uma bomba incendiária cair no prédio, diz a voz. Ou uma granada, diz Lena Brücker, os ingleses já estão atirando de lá do outro lado do Elba. Mas isso Lammers não queria ouvir. Estamos revidando os tiros. Não foi o que ouvi, diz Lena Brücker. Eles serão rebatidos. Ou a senhora tem alguma dúvida disso? Hamburgo é uma fortaleza. A senhora voltou a fumar, pergunta a voz, e Bremer pensa tê-lo ouvido farejando ostensivamente. Sim, uma recaída. O senhor Zwerg me contou, diz o casaco militar todo puído, que a senhora voltou a trocar seus cupons por cigarros. Mas antigamente a senhora sempre trocava por batatas.

Sim, e daí?

E então Bremer vê os coturnos, o casaco com o capacete e o cilindro da máscara de gás desaparecerem na cozinha, Lena Brücker logo atrás. Na mesa da cozinha está o isqueiro de Bremer, um isqueiro com uma gravura norueguesa construído a partir do cartucho de um canhão de dois centímetros. Ela havia percebido o isqueiro com o qual Bremer acendia os cigarros, mas não lhe dera muita atenção. Agora, no entanto, ali está ele, como uma peça em exibição em algum museu de guerra. Um pedaço de latão brilhante e polido pelo uso, redondo, comprido: um cartucho. Lammers também o está fitando. Ela tira um cigarro do maço, concentra-se em não deixar a mão tremer, pega o isqueiro, que é pesado e escorrega entre os dedos. Tenta acender uma, duas vezes. A roldana gira com dificuldade. Então finalmente a chama aparece. Lammers ficou observando a cena. Em seu rosto, é possível ver que está ruminando, desconfiado. A mão tremeu de leve, de maneira quase imperceptível, mas para ela foi como se tivesse sacolejado. Lena Brücker fuma um pouco, com cautela para não tossir. Parou de fumar há quase seis anos, quando seu marido foi convocado. E inclusive sem esforço, como se o prazer de fumar tivesse se dissipado com o desaparecimento dele. Um isqueiro confiscado do inimigo, diz Lammers. Sim, ela diz, é da Normandia, um presente. Lammers tenta decifrar a inscrição. Não é francês, ele diz. Claro que não. Polonês? Não sei. Tem um cheiro bom aqui. Sim. Carne? Carne! Ela vê aquele olhar esfomeado do velho, cheio de desconfiança, mas também uma avidez, a boca contraída e assexuada trabalhando contra a torrente de saliva. Ela mexe a dobradinha na panela. Escutei vozes, diz Lammers. O filho da senhora está aí? Como assim?, ela diz, ele ainda está com a artilharia antiaérea, no Vale do Ruhr, e isso significa que vai virar prisioneiro. O Vale do Ruhr tinha capitulado, não é mesmo?

É claro que ele percebeu que estava sendo atraído para uma armadilha, ao serem citados nomes como Normandia, Vale do Ruhr, batalhas perdidas, mas era justamente essa postura que estava levando a batalhas perdidas, esta postura: camarada, você fica aí atirando, eu vou buscar mantimentos, todas essas conversas ambíguas, maldosas, subversivas. Corpo mole em tudo que é lugar, nas fábricas, no front, inclusive no suporte civil às ações de guerra. Piadas maliciosas: qual é a diferença entre o sol e o Führer? O sol nasce no leste, o Führer afunda no oeste. Senso de humor estúpido. Granadas que não explodiram, torpedos que chegaram no endereço errado. A sabotagem habitual e cotidiana entre os civis a serviço da guerra, mesmo no círculo mais próximo ao Führer, o que fez com que o inimigo tivesse vindo parar aqui, na própria terra.

    Lammers avançou às escuras até a janela, verificou o bloqueio de luz da cortina rolô, puxou-a, disse, tem um rasgo aqui, a luz consegue passar. As bombas terroristas localizam um negócio desses. Assim não dá! Ué, por quê? Mal se tem eletricidade ainda. Então se agachou, olhou debaixo da mesa da cozinha. O que o senhor está procurando? Pessoas do prédio, disse Lammers, andaram reclamando. Reclamando do quê? Gritos, de madrugada! Ele a encarou. Ela pensou: tomara que eu não fique vermelha, mas é claro que ficou vermelha, posso sentir, ela pensou, um calor flamejante subindo pelo corpo inteiro, todo o sangue reunindo-se no rosto. Por quê? Durmo mal. Acordo de madrugada, sento na cama e grito. Não é de admirar, ela disse, os ingleses estão chegando na cidade. O que a senhora quer dizer com isso?, perguntou Lammers. Como assim, *eu*? Está no jornal, tome, o senhor pode ler a evolução do front. Ela lhe estendeu o jornal. Bremer viu os coturnos saírem da cozinha, as perneiras, o casaco militar, mais perto, mais perto, até que só enxergava cinza, então outra vez o cinturão, o capacete de aço, os coturnos. No corredor, Lammers inclinou-se sobre os três baldes repletos de areia. A senhora tem dúvidas de que a cidade vai se defender?, perguntou. Não. Hoje mesmo ouvi a palestra do orador do partido. Lammers foi até a sala, o quarto; quando se ajoelhou para olhar embaixo da cama — apoiando-se com esforço primeiro sobre um joelho, depois sobre o outro —, Lena Brücker disse, agora chega, o senhor não tem nada que procurar abafador de incêndio aí, nem areia.

Então, disse ele, vou providenciar para que a senhora aloje desabrigados. Um quarto, uma sala e uma cozinha para uma só pessoa, e lá fora jazem milhares de compatriotas nas ruas, refugiados, pessoas que tiveram suas casas destruídas por bombas.

O senhor está sugerindo que o Führer não foi eficaz na condução da guerra? Ele titubeou, percebeu que ali havia sido armada uma arapuca.

Caso seu filho esteja aí, é melhor a senhora informar a polícia. Senão faço eu. E então vocês dois vão ver só. Lammers mancou outra vez através do corredor. Tem um cheiro aqui. Bremer viu-o parado no corredor, farejando. Um cheiro de couro, de exército. Sou um velho soldado e conheço esse cheiro.

Vá embora, disse Lena Brücker, vá embora agora, e depressa. Bateu a porta do apartamento atrás dele, chegou a acertar o tacão do calçado ortopédico. Ela recostou-se na porta por um instante, ouviu-o descendo as escadas às escuras, xingando, mas só conseguia entender palavras isoladas: barragem de artilharia, Kyffhäuser, Verdun, ver o que é bom para tosse. Ela pensou, agora é o fim, ele vai até a Gestapo, vai te denunciar, vai dizer que está escondendo alguém no apartamento.

Foi até a câmara, destrancou a porta. Bremer saiu de lá, pálido, suor na testa, apesar de estar gelado lá dentro. Ficou ali de pé, e ela viu, apesar da calça azul de corte bem largo, que seus joelhos tremiam. Foram à cozinha, sentaram-se. E ela falou, olhando para o rosto assustado, não, aterrorizado, de Bremer: aquele era o Lammers.

Ela apoiou os braços na mesa da cozinha, a cabeça entre as mãos, e riu, um riso tenso, quase um soluço de choro.

Lammers é o vigilante do quarteirão, mora no prédio, trabalhou na seção de registro de imóveis, agora é aposentado do funcionalismo e fiscal dos procedimentos antiaéreos. Ela tirou as batatas do fogo, nesse meio-tempo haviam passado do ponto e virado uma papa. Bremer disse ter perdido o apetite, mas então comeu rápido, inclusive a parte dela, só de vez em quando fazia uma pausa e, como ela, tentava escutar a escada do prédio. Então voltava a comer. Que gostoso, ele falou, simplesmente supimpa.

Não é curioso, disse a senhora Brücker, que Bremer dissesse "supimpa" quando alguma coisa estava boa, quer dizer, muito boa? Mas ele não pôde apreciar de verdade a dobradinha. Ainda não havia se recuperado do susto. E eu não consegui comer nada. A gente não tinha como saber se Lammers não acabaria voltando. Ele também tinha uma chave do apartamento, por causa do risco de incêndio, portanto podia entrar lá a qualquer hora, quando eu estivesse no trabalho. Lammers não era apenas vigilante do partido nazista no quarteirão, era também fiscal dos procedimentos antiaéreos. Ele ingressou tarde no partido, mas então para valer, dedicava-se cento e cinquenta por cento. Fora atingido no pé por um estilhaço de granada, na batalha de Verdun, e afirmava que um anjo, não um anjo cristão, mas sim a alma de sua falecida tia-avó, uma fazendeira, tinha desviado para o seu pé esse estilhaço de granada, que na verdade deveria atingi-lo na cabeça. É que essa tia-avó tinha um pé torto. As pessoas riam de Lammers. Ele acreditava em reencarnação. Contava a todo mundo que podia se lembrar de uma vida passada, quando fora capitão na artilharia bávara e marchara sob o comando de Napoleão até Moscou, em 1813. Teria então morrido afogado durante a travessia do Berezina. Via a si mesmo cavalgando sobre o rio congelado, quando uma bala de canhão atingiu o gelo bem próximo, rompendo-o, estilhaçando-o, e ele caiu com seu cavalo na água escura e gelada. Ainda podia escutar o relincho do cavalo e seu próprio grito agonizante.

"Nosso bávaro do gelo" era como todos o chamavam, mas somente quando não estava por perto. E todos riam dele, até 1936, quando Henning Wehrs foi preso no prédio vizinho. Wehrs era construtor de navios na Blohm & Voss e havia integrado o partido comunista até 1933. Nas sextas-feiras, quando ficava bêbado, Wehrs começava a xingar os nazistas: nessas horas, bando de assassinos era o xingamento mais refinado. Todos diziam: veja se fecha essa matraca. Se alguma vez isso for parar nos ouvidos errados. E então um dia, tocaram a campainha do seu apartamento. A senhora Wehrs abre. Lá fora estão dois senhores, perguntam se podem falar com o marido dela. E como Henning Wehrs retornara há pouco do turno da madrugada, recém havia se lavado e vestido uma camisa limpa, pôde acompanhá-los imediatamente. Em três desceram a escada, conversaram sobre o clima sobre o rio Elba — que estava escoando pouca água — e foram até a prefeitura. Wehrs só retornou três semanas depois. Wehrs era e não era mais o Wehrs. Ele, cujo riso podia ser ouvido através de dois andares, que fazia piadas sobre esse viajante do tempo que era Lammers e depois ria delas bem alto, não estava mais rindo. Era como se tivessem roubado seu riso. Era como em contos de fadas: Wehrs não estava ferido, não tinha nenhum roxo, nenhuma unha ensanguentada, nenhuma marca de perfuração, nada, mas ele não ria mais, também não revelava o porquê de não rir. Seu riso, disse a senhora Brücker, simplesmente se foi. Um silêncio sombrio. Não ria, não xingava, não chorava. Parecia um morto-vivo, disse alguém do prédio. Também não contou nada à sua esposa. Desde então, nunca mais a tocou. Deitava na cama, acordado, algumas vezes suspirava. E tinha mais isto: não roncava mais. Às vezes, arranhava o canto da cama durante o sono, o que a fazia acordar sempre, um arranhar tão penetrante, contava a senhora Wehrs ao leiteiro e começava a chorar.

O que está acontecendo, o que fizeram com você? Nada, dizia.

Ele bebia às sextas-feiras. Mas agora em silêncio, e de tal maneira que tinha de ser levado para casa. Uma vez, disse: vocês tinham que ter visto. O quê? Mas então não disse o que tinham que ter visto. Certo dia, caiu da rampa de lançamento de embarcações, onde não deveria estar. Morreu na hora. Dizem que cometeu suicídio. Sua esposa passou a receber pensão. Acidente de trabalho. Colegas declararam que ele teve que trocar uma braçadeira de ferro lá em cima. Na época, correu o boato de que Lammers havia denunciado Wehrs. Lammers recém havia ingressado no partido nazista. Isso era tudo que se sabia. Ninguém podia nomear um motivo concreto para o boato. E mesmo assim o boato continuou. Nas ruas, diziam: foi Lammers. Passaram a não o cumprimentar mais, ou apenas apressadamente. Quando entrava em uma loja, as conversas cessavam, ou conversava-se marcadamente alto sobre aquela chuva que não parava, o sol ou o vento. Lammers contava em todo lugar, sem que perguntassem, que não havia denunciado Wehrs. As pessoas davam-lhe as costas. Quase chorando, ele enfatizava que nunca poderia fazer algo desse tipo. Mas então, depois de meio ano, quando esse silêncio ainda o cercava, de repente começou a perguntar a essas pessoas, que emudeciam quando o encontravam nas escadas do prédio, no açougue, no restaurante, o que afinal elas pensavam. Sem rodeios, mas sim diretamente. A senhora acha certo que tenham colocado fogo nas sinagogas? O senhor faria compras em lojas de judeus? Esconderia um comunista? As pessoas desconversavam, mas ele insistia, não se deixava enrolar, e assim elas iam dando respostas vagas e consentimentos hesitantes, e era possível ver como os outros mentiam, aliás ouvia-se a si mesmo mentindo. Foi desse jeito que Lammers voltou a ser cumprimentado, no início discretamente, então, quando a Polônia foi invadida pela Wehrmacht, com simpatia; a Noruega e a Dinamarca foram conquistadas, com acentuada simpatia; e a França capitulou, quase com entusiasmo. Alguns, que não cumprimentavam, que respondiam vacilantes, foram intimados a comparecer à Gestapo, onde eram questionados sobre a procedência da aguardente da última festa. Em 1942, quando esvaziaram a Fundação Levy, a instituição para judeus necessitados em frente à praça Grossneumarkt, passaram a cumprimentá-lo com o braço erguido, bradavam "Heil Hitler, senhor Lammers", até mesmo do outro lado da rua.

Lammers tornou-se vigilante do partido nazista no quarteirão, Lammers organizava evacuações de crianças em situação de risco, campanhas do agasalho do partido; mais tarde, assumiu os procedimentos antiaéreos. Aposentou-se dois anos mais cedo por causa do pé arruinado pelos estilhaços, sem necessidade alguma, afinal estava bem, visivelmente bem, sendo mais preciso, estava cada vez melhor. Nenhuma surpresa, afinal, no açougue, a salsicha era pesada de tal forma que a vendedora podia dizer, tudo bem que tenha passado um pouco do peso?, algo que ela, pelo fato da salsicha ser distribuída em troca de cupons, não podia dizer de forma alguma. O padeiro ainda tinha pão para Lammers, em uma época em que há muito tempo já não havia mais. Somente Lena Brücker, que vinha do estado de Schleswig-Holstein e, portanto, era cabeça-dura, cumprimentava-o sempre assim: bom dia, senhor Lammers. E Lammers toda vez dizia: "Heil Hitler" é o cumprimento alemão, senhora Brücker. Ok, senhor Lammers, Heil Hitler. Certo dia, ordenaram que ela fosse à Gestapo, lá lhe fizeram perguntas sobre Holzinger, e com ele Lammers não tinha nenhuma ligação.

Talvez você devesse ter oferecido dobradinha, disse Bremer, ele sentiu o cheiro da comida através das portas.

Não, disse Lena Brücker, aquele lá não coloca os pés debaixo da minha mesa de jeito nenhum. Ele deve ter desconfiado porque eu não estive no porão ontem, durante o alarme antiaéreo. Porque do contrário eu sempre desço até lá. A gente pensa nas crianças. Espero que meu menino esteja bem. E a Edith, o que será que está fazendo? Precisamos ter bastante cautela. Não se movimente muito. Sobretudo, quando tocarem a campainha, vá se trancar na câmara.

Ele não conseguia dormir. Ela estava deitada de bruços, como sempre, os seios fazendo as vezes de pequenos travesseiros, e dormia. Com cuidado, empurrou a mão até as dobras da barriga dela. Ficou ali deitado assim, quieto, de vez em quando olhava para os ponteiros fosforescentes do seu relógio de pulso, esperando que finalmente, finalmente o dia chegasse.

III

Lena Brücker estava ao telefone na cantina tentando obter cenouras temporãs para suprir a demanda vitamínica dos organizadores da distribuição de alimentos, enquanto o rádio noticiava os últimos e derradeiros, cada vez mais decisivos combates — de retirada, de cobertura de recuo, de reagrupamento — das tropas alemãs. Nesse momento, Bremer recém havia se levantado, trazia o casaco da marinha pendurado nos ombros e olhava pela janela para a Brüderstrasse lá embaixo. Como no dia anterior, mulheres iam e vinham carregando baldes com água, ora rápido, ora devagar, ele podia ver pelo jeito de caminhar, pelo ombro torto, as pisadas cuidadosas, se os baldes estavam cheios ou vazios. Mas o hidrante, de onde buscavam a água, não podia ser visto. O sol brilhava, e mesmo assim as pessoas lá embaixo pareciam cinzentas e sombrias. As mulheres ainda vestiam os casacos escuros de inverno, traziam os cabelos escondidos sob lenços. Um velho puxava um carrinho atrás de si; em cima, algumas tábuas carbonizadas, e sobre as tábuas um galo.

Bremer sentou-se à mesa da cozinha, bebeu um pouco do café de abelota que Lena Brücker havia esquentado para ele. O café fez sua boca se contrair. Continha apenas um vago gosto de café de verdade. Lena havia colocado na mesa duas fatias de pão, um pouco de margarina, que ela modelara como nos hotéis, duas folhas de trevo. E ao lado, uma compota de geleia de maçã que ela mesma fizera. Bremer comeu o pão, acendeu um cigarro, bebeu o café, que, estranhamente, quando se inalava a fumaça, ganhava um gosto mais acentuado da bebida original. Começou a resolver uma nova cruzadinha. Uma cidade na Prússia Oriental, seis letras: Tilsit. Essa cidade já não existia mais. Um gênero literário com N no início e seis letras. Não sabia. Um poeta grego com H, seis letras? Homero. De vez em quando, ia até a janela e olhava lá para baixo. Mulheres carregando água com esforço, outras vinham com baldes vazios, e, pela primeira vez, ele viu o fim da fila, lá, onde as mulheres esperavam uma atrás da outra. Lá, portanto, afastado do seu campo de vista, estava o hidrante. Crianças pulavam amarelinha. Ele viu a mulher da véspera outra vez, agora vestia meias de seda pretas. Apareceu um suboficial, dirigiu-lhe a palavra. Ela atravessou a rua com ele, desapareceu do campo de vista. Pouco depois, surgiu em uma das janelas do outro lado. Ao fundo, estava o homem, que desabotoava a jaqueta do uniforme. A mulher fechou a cortina com um puxão, e uma sombra puxou o vestido sobre a cabeça.

Ao meio-dia, quando houve eletricidade por duas horas, ele examinou com os dedos o cabo do rádio que estava em cima do aparador da cozinha, apertou os dois botões até o fundo, bateu na caixa três, quatro vezes com a mão espalmada, por fim de punho fechado. Milhares, centenas de milhares de aparelhos de rádio distribuídos pelo governo transmitiam neste exato momento, no que sobrou do Reich Alemão, discursos conclamando a resistir, alinhamentos da tropa ou mesmo paradas de sucesso quaisquer, mas justamente este estava pifado. Se pudesse escutar a BBC, então saberia onde as tropas aliadas realmente estavam. Desparafusou a parte de trás do aparelho. A válvula havia enegrecido. Talvez houvesse, no apartamento, algum aparelho velho de onde se pudesse retirar a válvula. Foi até o armário da sala, hesitou, pois disse para si mesmo, ali com certeza não poderia haver uma válvula de rádio. Procurou na câmara entre calçados, caixas, casacos de inverno protegidos contra as traças, duas malas de papelão desgastadas e uma caixa maior de papelão com a inscrição "decoração para árvore de Natal". Retornou à cozinha, conferiu na prateleira, organizou cuidadosamente as panelas e frigideiras, que estavam bagunçadas. Com esmero, alinhou os potes com as inscrições Farinha, Açúcar, Sêmola. Estavam, com exceção do pote de farinha, todos vazios. Por um bom tempo, parou de procurar uma válvula de rádio. Em vez disso, revistou com curiosidade os cantos do apartamento, procurou vestígios dela, da sua vida, que ele desconhecia. No começo, dizia para si mesmo, não é legal isso que você está fazendo, mas depois pensava, seria útil ter um atlas, então poderia acompanhar com exatidão o avanço das tropas inglesas, e esse era um motivo para continuar procurando, também no armário da sala, com a consciência um pouco menos pesada.

Nas prateleiras da esquerda, estava a louça. Nas da direita, contratos, documentos de família, carteira de trabalho, certidões de nascimento, o atestado de crisma de Lena

Brücker: seja fiel até a morte, então lhe darei a coroa da vida. Hesitou por um instante, então continuou fuçando, um, dois maços de cartas; ao lado, um álbum de fotografias encadernado com tecido de juta vermelho. E embaixo estava o atlas escolar. Tirou-o de lá, mas então começou, como eu também viria a fazer anos depois, a folhear o álbum de fotos. Lena Brücker quando bebê em cima de um tapete de pele de urso polar; quando criança, em um vestido engomado com babados; moça, no cabelo uma coroa de flores, meias pretas brilhantes sob a saia curta, um garoto ao seu lado. Nela chamava a atenção o cabelo loiro resplandecente nessas imagens compostas apenas de sombras. Uma foto de uma festa, ela parece atrevida, um brilho no rosto, está sentada ali daquele jeito, na cabeça um chapeuzinho de papel, uma serpentina ao redor do pescoço, afundada em uma poltrona, o que dava a impressão de que suas pernas — pudicamente dispostas em paralelo — eram ainda mais compridas, a saia havia escorregado um pouco para cima, claramente dava para ver a borda da meia.

Lena Brücker segurando um bebê, ela apoia sua cabeça, havia arregaçado as mangas do vestido de botão. Bremer pensou no filho que tinha visto apenas por vinte dias, uma criança que começou a berrar quando quis acariciá-la. E, para ser franco, esse bebê, que exigia tanto tempo para si, havia atrapalhado suas férias. Não que o tivesse odiado, mas sentiu algo que não quisera admitir logo no começo, uma raiva impaciente, porque sua esposa estava sempre ocupada com essa criança, porque tinha que colocar fralda, lavar, passar creme ou simplesmente ficar segurando nos braços. O bebê gritava à noite, sempre, até que ela o levasse para a cama, ou seja, até que o colocasse entre o casal. Para ser franco, tinha que admitir estar com ciúme. Continuou folheando e encontrou aquele que devia ser o marido: um homem esguio está ali de pé, de terno, fumando, a mão — a esquerda — apoiada na cintura com desleixo, como um ator de cinema. Largou o álbum, ao passo que eu mais tarde continuei a folheá-lo, observei os filhos da senhora Brücker, o jovem no uniforme da Juventude Hitlerista, por fim no uniforme de jovem aprendiz da artilharia antiaérea. Então as fotos que não foram mais coladas, que Bremer naquela ocasião ainda não podia ver, a filha com o neto, o filho como limpador de chaminés diante do seu Volkswagen. São imagens dos anos 50 e 60. A senhora Brücker com o passar dos anos, ora com a saia mais comprida, ora mais curta, os sapatos ora com solado grosso, ora com salto pontiagudo, então de repente aquelas roupas todas iguais de lojas de departamento dos anos 60, sem decote, sem cintura acentuada, apesar de, nessa época, ela ter um corpo bonito, cachos fixados com spray, nos quais o grisalho em meio ao loiro claro só podia ser reconhecido por quem, como eu na barraquinha de lanches, já o havia visto ao natural. Ela não parece ter cinquenta, está mais para quarenta, e mesmo assim algo desapareceu do rosto, uma capacidade de sentir prazer, o lábio inferior, aquele lábio sensualmente empurrado para frente, ficou mais fino, apresenta pequenas rugas.

Bremer continuou bisbilhotando. Apólices de seguro, contas de eletricidade e gás, um maço de cartas amarrado com um cordão violeta. O nome do remetente: Klaus Meyer. Por um momento, hesitou, então desatou o maço e leu a carta mais de cima:

"Meu amor, estou sentada no meu quarto na hospedaria Zur Sonne e posso escutar o jogo de skat que acontece lá embaixo, no restaurante. Gostaria que você estivesse aqui. Teríamos comido juntos, linguado frito, recém-pescado do Elba, teríamos bebido o vinho tinto espanhol, que chega até aqui através da cidade de Glückstadt, e teríamos subido até o quarto. O vento empurra a janela, e do Elba chegam, como os suspiros e gemidos da terra, os ruídos de uma draga de balde.

Hoje de manhã, vendi no armarinho daqui dois pacotes de botões da marinha e uma dúzia de botões de madrepérola, isso foi tudo. Mas depois fui até o velho Junge, o construtor de barcos. Realmente, ele conseguiu desenhar para mim o anel para fixar a bujarrona no gurupés. E como ele também não sabia como se escrevia, escrevo gurupés com acento agudo. Acho que se aproxima do gancho que foi mesmo preso nele, como um...".

Que esquisito, pensou Bremer, colocando a carta de volta, hesitou se deveria ler outra, mas então tornou a amarrar o cordão em volta do maço e disse para si mesmo que não era capaz de escrever uma carta assim. Como os suspiros e gemidos da terra. De fato, a terra foi mesmo rasgada pela draga. Quem era esse tal de Klaus Meyer? Bremer não poderia perguntar. Foi até o quarto. Na porta direita do roupeiro, havia camisas masculinas cuidadosamente empilhadas nas prateleiras; ao lado, estavam pendurados três ternos, um azul-escuro, um cinza-claro, um marrom. Vestiu o cinza-claro e foi para frente do espelho. O terno estava um pouco largo. Aquele que o olhava de lá era um estranho, em cinza-claro após tantos anos no uniforme azul da marinha. Esse piloto de lancha sabia se vestir. Incrível era a qualidade do pano. Mas pilotos de lancha não ganham tanto dinheiro assim, pensou. O terno cheirava a lavanda. Em cada bolso, encontrou um sachê de lavanda. Então ela ainda esperava pelo marido. Entrasse ele pela porta, só precisaria ir até o roupeiro e escolher o que vestir. Bremer pôs uma camisa azul-clara, então o terno cinza-claro, escolheu uma gravata com ondulações azuis. Parecia mais velho, não, mais sério nesse terno. E inconfundível. Quem o visse pensaria que era um comerciante bem-sucedido ou um advogado ainda muito jovem.

Nesse instante, escutou a batida na porta do apartamento, uma batida suave, quase receosa. Juntou as peças do uniforme às pressas, correu — já ouvia a chave girando na fechadura — para a câmara, trancou a porta e tirou a chave. Tentou acalmar a respiração, um arfar mais por medo, pela agitação e por prender o ar do que por ter juntado tudo apressadamente, pelos poucos passos que tivera de correr. Não tinha esquecido nada? Será que não ficou uma meia jogada em algum lugar? Ou o cinturão? Não, isso estava com ele na câmara. Olhou pelo buraco da fechadura e viu o calçado ortopédico, viu Lammers no casaco cinza da Wehrmacht, viu-o mancar cheio de cautela até a cozinha. Bremer escutou um arranhar, um raspar. O que ele está fazendo ali? Então Lammers voltou, entrou na sala. Lá estava o atlas escolar, aberto. Aquilo não causava nenhuma suspeita. De repente, o casaco chegou mais perto, até que o buraco da fechadura ficou preto, então, muito devagar, a maçaneta foi pressionada para baixo, e Bremer instintivamente inclinou-se para trás. A porta foi puxada, sacudida. Passos se afastando. Dava para ouvir com nitidez o roupeiro sendo aberto. Lammers foi ao lavabo, que, sendo mais preciso, era apenas uma privada e uma pia. E nisso Bremer foi acometido por um lampejo: lá dentro estava seu material de barbear. Lammers encontraria um pincel, um aparelho de barba e um pedaço de sabonete. Seco, é verdade, pois a última vez em que se barbeara fora no dia anterior, mas dava para ver que o material de barba havia sido utilizado recentemente. Lammers saiu do lavabo, mancou ao longo do corredor e puxou levemente a porta até trancar por fora. Bremer aguardou dentro da câmara escura e, como não escutou mais nada, saiu, foi ao lavabo e viu: o material de barbear havia sumido. Lammers com certeza levara consigo.

Ele virá, pensou Bremer, voltará com uma patrulha da Wehrmacht, virão te buscar. Deveria ir para a rua, simplesmente? Mas lá fora todo e qualquer policial pediria que mostrasse a identidade, um homem jovem vestido de maneira elegante, que não estava de farda, isso não tinha como existir de forma alguma. A única chance, a única minúscula chance é dizer, se eles vierem: sou um marinheiro sueco, pensou, foi sentar-se outra vez na câmara e ouviu seu sangue agitando-se na cabeça.

À noite, Lena Brücker subiu as escadas. Como de costume, a luz ficou acesa somente até alcançar o segundo andar. Estava prestes a subir o último lance, quando a porta de um apartamento se abriu, e de lá surgiu a senhora Eckleben, que disse: tem alguém no apartamento da senhora.

Não tem não.

Tem sim. Escuto passos toda hora, bem em cima da sala.

Não, falou Lena Brücker, completamente impossível.

Tem sim, disse a senhora Eckleben, eu já ia chamar a polícia, certeza absoluta: tem alguém andando para lá e para cá. Melhor a senhora chamar o Lammers, agora, quando for abrir a porta. Vai que tem um ladrão lá dentro.

Ah, é mesmo, disse Lena Brücker, e deu um tapa na testa com exagero, é verdade mesmo, tinha esquecido completamente, dei a chave para a minha amiga.

Não parece passo de mulher.

Posso imaginar, ela é operadora de guindaste no porto...

Você é que sabe. A porta se fechou diante do rosto petrificado de desconfiança da Eckleben.

Lena Brücker destranca a porta do seu apartamento, puxa-a rapidamente atrás de si. Vai até a cozinha, vai até o quarto, oláááá, diz baixinho, está indo para a sala quando a porta da câmara se abre e seu marido sai lá de dentro. O que você está fazendo aqui?, ela quer perguntar, mas por causa do susto não consegue pronunciar palavra alguma. Somente quando ele se aproxima, aos poucos, vindo do escuro, ela reconhece Bremer. O Lammers esteve aqui no apartamento. Tenho que ir embora. Ele levou meu material de barba. Mas com isso ela finalmente pôde rir e contar que havia colocado no cesto de roupas sujas ontem.

Hoje você está com a barba espinhando, diz quando ele a beija, e então aponta para os sapatos pretos do seu marido, que já estavam na câmara há seis anos e que ela nunca tinha encostado em todo esse tempo. Nem nos ternos, nem nas camisas que ela lavara, passara cuidadosamente e então pusera em ordem. Ela os guardara, porque, apesar de geralmente não ser muito supersticiosa, pensou, se eu der essas coisas para alguém, então certamente ele vai aparecer de novo, em algum momento, para buscá-las. Então teria que explicar por que se desfez delas. E então estaria em dívida com ele, que simplesmente ficaria por lá. Apenas os cuecões, as camisas de baixo, ela os doara para a campanha do agasalho do partido. Mas nesse caso poderia alegar imediatamente um motivo que seu marido não teria como contestar. Roupas de baixo jogadas por aí sem uso ajudaram as tropas que lutavam no congelante inverno russo. Ele também nunca perguntaria pelas cuecas, que sempre estavam lá, limpas, e não tinham muita importância. Porque cuecas sujas eram coisas que só diziam respeito a ela. Algo possível de acontecer a qualquer momento era que ele viesse e perguntasse pelos caros ternos e camisas cortados sob medida, ou pelos sapatos, em cujo couro interno estava estampado USA, o país de origem. Todas essas peças de roupas não combinavam — o que sempre a incomodou — com a região, com este prédio, com este apartamento barato e apertado.

Combinam comigo, diz Bremer, dando alguns passos. Você não pode andar por aí de sapatos. A Eckleben já queria chamar a polícia, achou que tinha ladrões aqui.

Ela tirou um saco com arroz da sacola de compras. Hoje distribuíram uma porção extra, excepcionalmente.

Pois é, disse a senhora Brücker, e então ele me perguntou se eu tinha curry em casa. A senhora Brücker riu. Ela começou um novo ponto, intercalando com aquela apalpada rápida até a borda. Christian, o meu bisneto em Hannover, logo vai fazer o vestibular. Ele gosta de esquiar. O pulôver é para ele. O filho do Heinz. Heinz é o filho da Edith, minha filha.

Vou fazer um café para nós. Ela levantou-se lentamente, foi até a pequena cozinha conjugada, ligou o ebulidor, despejou café no filtro, encontrou às apalpadas o recipiente com água.

Precisa de ajuda?, perguntei, pois pensei que poderia se queimar, mesmo que fosse dos respingos da água fervente.

Não, está tudo certo. Derramou a água fervente no filtro e pegou na geladeira um pedaço de gouda envelhecido, picou em pedacinhos, colocou o prato na mesa.

Tentei trazê-la de volta para o curry. Então foi Bremer quem descobriu a receita?

Como assim Bremer? Porque ele fez a pergunta. Hã? Bem, sobre o curry. Ah, bom. Não. Isso da currywurst foi por acaso, nada mais. Eu tropecei. Aí que aconteceu. Virou tudo uma só mistureba.

A senhora tinha curry em casa naquela época?

Claro que não. Hoje se cozinha e se come de tudo, de todos os pontos cardeais, espaguete, tortellini, nasi goreng e mais um monte de nomes. Aqui, por exemplo, cozinham tirinhas de carne com curry. Peru com curry. É o meu preferido. Mas só fazem a cada quatorze dias. Infelizmente.

Veio com o bule de café, tateando encontrou as xícaras e as encheu, ambas quase na mesma medida. Ela bebia e escutava com atenção. Dava para ouvir um alvoroço distante no prédio, um rumor, do qual só de vez em quando se podia distinguir um barulho isolado, uma porta batendo, um elevador em movimento, vozes, passos rangendo sobre o revestimento antiderrapante do corredor.

Com habilidade, ela separava com o garfo pedaços da torta de marzipã que coubessem na boca, antes de cada nova mordida tateava com o garfo até o fim desse pedaço, para então dividi-lo outra vez. Deixava esses pedacinhos derreterem totalmente na boca e, enquanto fazia isso, surgia algo em seu rosto, uma expressão de deleite, que evidenciava algo que do contrário não se podia associar com esta mulher velha e curvada, um desfrute privado da vontade, um prazer que transformava o corpo. Então vi sua dentadura desencaixada, deslocando-se ao mastigar, e pensei em invalidez e na palavra "prótese".

Como foi aquilo do curry de Bremer?

Quando viu o arroz, Bremer perguntou se eu tinha um pouquinho de curry, daí poderia fazer arroz com curry.

Como foi que ele teve a ideia do curry?

Pouco antes da guerra, Bremer tinha viajado até a Índia como assistente de máquinas em um navio a vapor, ela diz, e enfia na boca um pedaço de torta de marzipã. Mastiga. Um prazer silencioso. Então come um pedacinho do gouda. O navio, Dora era o nome, estava ancorado na enseada de Bombaim. E Bremer, que, na época, mal tinha dezoito anos, estava com uma brotoeja assustadora no rosto, vermelha, com pústulas, e ainda por cima a saudade de casa. O primeiro oficial levou-o consigo para a terra firme, para comer. Carne de frango com curry, aquilo, disse Bremer, tinha gosto de jardim. Sabor de um outro mundo. O vento; a cobra que morde; o pássaro que voa; a noite, amor. É como um sonho. Uma lembrança da vez em que se foi planta. E, à noite, Bremer realmente sonhou que era uma árvore. Uma árvore? Sim. Bremer era, vamos dizer assim, uma pessoa sem muita fantasia. Mas, dessa vez, entrou em delírio para valer. Disse que foi atravessado pelo vento, que farfalhou e, com isso, sentiu tantas cócegas que teve que rir, a cada rajada de vento, tão forte, que seus galhos doíam. Então acordou, e realmente sentia dores nos dois lados, aqui nas costelas. Ele me mostrou, apalpando as costelas. Maluquice, não é? O tempero combate a melancolia e o sangue grosso. A brotoeja sumiu mesmo. Era como um manjar dos deuses, disse Bremer. Foi a única experiência extraordinária que teve na vida. Do contrário, só carnificina.

A senhora preparou o arroz com curry?

Mas não tinha. Não, cozinhei o arroz com um tablete de caldo de carne e adicionei pedacinhos de cebola caramelizada. Depois de comer, Bremer acendeu um charuto, um dos cinco autênticos Havana que Gary havia deixado em pequenos tubos de metal, bem fechados, mas que, nesse meio-tempo, ficaram completamente ressecados, com a capa farelenta. Após acender, Bremer teve que apagar aos sopros a pequena chama que se formou na ponta e que quase incendiou o charuto na sua mão. Vá para o banheiro, disse Lena Brücker, dá para sentir o cheiro no prédio inteiro, se Lammers sentir cheiro de charuto, vem para cá na hora. Bremer recolheu-se então ao banheiro, abriu a basculante. Lena Brücker pôs os pratos dentro da pia, foi até a câmara buscar uma vassoura de mão, então viu, no chão, ao lado da mala onde ele largara sua jaqueta da marinha, uma carteira caída. Uma parte das fotos e dos documentos civis e militares havia escorregado lá de dentro, formando um leque. Bremer deve ter simplesmente jogado a jaqueta sobre a mala. Ela pegou os documentos e a carteira, pretendia colocá-los de volta no lugar. Ao ver a foto, em tamanho de cartão postal, foi até lâmpada: Bremer de uniforme, nos braços uma criancinha, uma mulher ao lado, cabelo escuro, com olhos cor de piche e, no queixo, uma covinha assim tão pequenininha. A criança que Bremer trazia nos braços ainda não tinha um ano de idade. Ele e a mulher pareciam estar se segurando para não começar a gargalhar. O fotógrafo deve ter feito uma piada. Ela observou a foto atentamente. Encontrou até uma data: 10 de abril de 1945 era o que dizia ali. Ele não dissera nada sobre ter uma criança, uma esposa.

Eu me perguntei: por que se trai uma mulher assim tão bonita? Por que ele havia omitido o fato de ter uma esposa? Se tivesse dito, mesmo assim eu o teria escondido. Talvez também tivesse dormido com ele — aliás, com certeza o faria. Mas tudo que aconteceu não teria acontecido dessa forma sem essa omissão.

Quando Bremer retornou do banheiro pouco mais de meia hora depois, envolveu-a — cheirando a cigarro —, conduziu-a pela mão até o quarto e, quando colocou aquela mão grande sob sua blusa, então ela de repente segurou seu pulso, prendeu-o firme como uma prensa. Ai, disse ele. Ela o afastou de seu corpo levemente para poder olhá-lo nos olhos e perguntou: você tem uma mulher, não tem? Ao que ele respondeu, após uma pequena hesitação: não. Ela balançou negativamente a cabeça. Riu um pouco, um riso artificial. Soltou-o e ficou sem se mexer para que a mão dele não arrancasse outro botão da blusa e disse para si que, no fundo, ela não tinha direito de fazer essa pergunta. Ele beijou seu pescoço, a covinha, os "potinhos de sal", que era como sua mãe costumava chamar as pequenas cavidades junto ao pescoço, e então — como se ele soubesse o que lhe dava arrepios, o que fazia a pele se encolher — a região atrás do lóbulo da orelha, e eles afundaram naquela fossa de colchões cheia de gemidos. As molas rangeram, até que se ouviu uma pancada. Lá de baixo haviam batido no teto. A senhora Eckleben, disse Lena Brücker sem fôlego, o quarto dela é bem aqui embaixo.

Retiraram os colchões — que, naquela época, ainda eram divididos em três partes — da balançante cama de casal, carregaram até a cozinha, colocaram ao lado do sofá.

Foi a primeira vez que dormiram no chão e, como a cozinha estava quente, não precisaram puxar o edredom sobre as orelhas. O amor baseia-se em cooperação, disse a sábia senhora Brücker, e agora estou me referindo a esse novo leito: fico pensando que deve ser uma sensação bem diferente quando não se afunda embaixo do outro em uma profundeza de rangidos. Era uma ilha feita de colchões encostados. Mas os colchões afastavam-se como placas tectônicas, principalmente quando os dois se movimentavam sobre eles com vigor, tanto que tiveram que pensar em uma construção para evitar aquele deslocamento incômodo. Primeiro, ela estendeu um cobertor no chão, os colchões por cima, empurrou-os até o armário da cozinha, escorou-os de lado contra a parede com uma vassoura e um escovão, pôs o sofá como cabeceira e completou o cercado do leito com duas cadeiras apoiadas contra a parede, para que os colchões não perdessem o leme.

Bremer observou os colchões e disse, com um olhar de conhecedor marítimo: parece uma jangada.

Nela nos deixaremos levar rumo ao fim da guerra, ela disse, então agora venha aqui, meu herói, e puxou-o para a jangada de colchões.

IV

No dia 1º de maio, a emissora do Reich em Hamburgo informou: hoje à tarde, no centro de operações na Chancelaria do Reich, lutando contra o bolchevismo até o último suspiro, caiu, em prol da Alemanha, o Führer Adolf Hitler.

O comandante de Hamburgo, general Wolz, quer entregar a cidade sem combates, os ingleses atravessaram o Elba, estão marchando rumo a Lübeck, o marechal de campo Busch dá ordens para resistir, o grande-almirante Dönitz dá ordens para resistir, Wolz envia negociadores. Em segredo, pois a SS fuzila negociadores. Kaufmann, o governante nazista de Hamburgo, quer entregar a cidade, mas não pode dizer nada, pois não sabe se o comandante Wolz, que também quer entregar a cidade, quer entregar a cidade; e também o comandante do porto, o almirante Bütow, quer entregar a cidade, mas do mesmo modo não pode dizer nada, pois não sabe se Kaufmann e/ou Wolz querem entregar a cidade, ou só um dos dois, ou nenhum. Assim trabalham todos eles independentes uns dos outros na rendição da fortaleza de Hamburgo. Wolz retira as confiáveis tropas — para as suas intenções, não confiáveis — do front de Harburg, desloca--as para o nordeste: a unidade de combate da SS "demônios dos tanques". Todos os três, Wolz, Kaufmann e Bütow, deram um jeito de fortalecer as guardas dos estados-maiores para que oficiais que quisessem resistir não os pudessem prender. O governante nazista Kaufmann vive na fortaleza de Hamburgo em uma fortaleza dentro da fortaleza. Cercado de arame farpado. De manhã, são transmitidos slogans de resistência, notícias sobre o tempo, até mesmo o nível da água é medido, um metro acima do normal. Na cidade de Eutin, três soldados da marinha, que haviam se afastado da tropa, são fuzilados. Um tanque inglês é arrombado próximo à cidade de Cuxhaven, a tripulação, incinerada.

Logo após a notícia da morte de Hitler, Holzinger anunciou sopa de ervilha para o dia 2 de maio, o prato preferido do Führer: as trombetas de Jericó, há, há. Lena Brücker soubera um dia antes que um depósito de mantimentos da SS nas proximidades de Ochsenzoll fora fechado e providenciou vinte quilos de ervilhas secas, bem como um grande pedaço de toucinho. Lena Brücker pôs a mesa para os diretores de repartição. Nesse momento, alguém irrompe gritando: escutem isso! Liga o alto-falante da cantina. No rádio, a voz do governante nazista Kaufmann: *...prepara-se para atacar Hamburgo por terra e pelo ar com sua monstruosa superioridade. Para a cidade, para as pessoas que vivem nela, para centenas de milhares de mulheres e crianças, isso significa a morte e a destruição das últimas possibilidades de existência. O destino da guerra não pode mais ser mudado; mas o combate na cidade significa seu extermínio sem fim e sem sentido.* Um pouco tarde essa constatação, diz Lena Brücker, mas não tarde demais, e tira o avental.

O locutor lê uma declaração: todos as estruturas indispensáveis de trânsito serão asseguradas. Hamburgueses, mostrem sua dignidade alemã. Nada de içar bandeiras brancas. Os órgãos de segurança de Hamburgo continuarão a exercer suas atividades. Manifestações do mercado clandestino serão perseguidas sem tolerância. Hamburgueses, permaneçam em casa. Obedeçam ao toque de recolher. Lena Brücker pega sua bolsa, lá dentro uma marmita com sopa de ervilha, e diz: então é isso, tchau. Assim chega ao fim, para ela, o Reich de mil anos.

Apressa-se para chegar em casa. Grita para as pessoas que vai encontrando: a guerra acabou. Hamburgo será entregue sem combates. Ninguém que encontrou sabia da notícia. Ainda temiam que houvesse batalhas de rua, como em Berlim, Wroclaw e Königsberg. Prédios colocados abaixo por morteiros, incêndios intermináveis, lutas de baionetas no sistema de esgotos.

Mas então, ao chegar na praça Karl-Muck-Platz, pensou que também teria que dizer isto a Bremer: a guerra acabou! Hamburgo capitulou. Quando eu contar, ela está imaginando a situação, primeiro ele vai ficar perplexo, depois, se estiver sentado, vai se levantar, se estiver de pé, vai erguer as mãos, seu rosto vai se transformar, os olhos, aqueles olhos cinza-claros, ficarão mais escuros, ele vai, pensou ela, ficar radiante, sim, radiante, pequenas rugas se formarão em volta dos olhos, rugas que do contrário não se consegue ver, só quando ri. Provavelmente vai me agarrar e rodopiar através do quarto, vai gritar: maravilha, ou, mais provável: supimpa. Ele tem algo pueril, quando está feliz. E pueril também é o jeito como presta atenção, aquele "fala sério!" espantado que deixa escapar quando estou contando algo para ele. Ele ainda permanecerá lá, cheio de impaciência, pois ainda não era possível sair para a rua. Havia o toque de recolher. Os trens ainda não circulariam. Os ingleses controlariam as ruas. Ele estaria aqui, mas já não mais aqui, em tudo o que fizesse já estaria sempre prestes a ir embora, para Braunschweig. É assim que funciona, ela pensou, não havia nada que se pudesse mudar, aquilo era, pensou, como uma sombra que permitia ver sem ofuscamentos a próxima etapa da sua vida. Foi apenas um episódio da sua vida, do qual ela normalmente teria se distanciado de maneira quase imperceptível. Fora um curto período de tempo, alguns dias apenas, mas com ele chegou ao fim alguma coisa em sua vida, em definitivo. Não era a juventude, afinal já não era mais jovem, não, em seguida ficaria velha. E talvez fosse mesmo aquela certeza tranquila, que nela provocava certa intranquilidade, sim, certa raiva, imaginar que ele pegaria emprestado o terno do seu marido. Um desejo tão provável e compreensível que, mesmo assim, lhe deixava revoltada.

Ele diria: devolvo assim que puder. Enviarei um pacote, diria, assim que for possível voltar a enviar pacotes. Pensaria nela, mas sempre associando a um incômodo pacote, que teria que ser carregado até o correio. Um terno que aguardava que o dobrassem, o que provavelmente seria feito por sua esposa, cuidadosamente, e, se houvesse à disposição, forrado com um pouco de papel de seda. Ele levaria o pacote até o correio. Contaria alguma história à sua mulher. Diria que, após a capitulação, pegara esse terno emprestado de um camarada. Ele não sabe mentir, porque não sabe contar histórias. Só sabe omitir. Isso ele sabe. O marido de Lena sabia mentir, porque sabia contar histórias maravilhosamente bem. Bremer, portanto, contaria uma história econômica, talvez esta, que conseguiu se afastar da tropa no último momento, junto com um camarada. Dará a ele um nome, Detlefsen, de Hamburgo, um apartamento em Hamburgo perto do porto, mergulhador da marinha. Abrigaram-se na casa dele. Uma esposa que cozinhava uma maravilhosa falsa sopa de caranguejo. Não, ela pensou, ele não vai me mencionar, ou talvez — mas tratou de afastar esse pensamento rapidamente — dirá que o camarada tinha uma mãe que cozinhava bem. Não, ela pensou, odiava os pensamentos sobre esse pacote, ela pensou, ele não mentiu para mim exatamente, só não disse que era casado, mas ela odiava esse pacote e a ideia de que, se ele viesse a pensar nela no futuro, sempre a associaria a esse pacote. Destrancou a porta, não gritou: a guerra acabou em Hamburgo. Fim. Acabou de verdade. Disse apenas: Hitler está morto. Ela havia hesitado, me contou, por um minúsculo momento, queria ter dito, a guerra acabou, aqui, em Hamburgo, mas então ele já a tinha pego nos braços, beijado, jogou-a no sofá, aquele sofá surrado pelo uso. Talvez eu lhe dissesse depois disso. Seria simples, mas então ele falou: agora é contra os russos, junto com os ianques e os tommies. E falou: estou com uma fome do cão.

Ela pôs a panela com a sopa de ervilhas para esquentar no aquecedor.

De alguma forma, ele tinha mãos curiosas, ela disse, não, não que fosse desconfortável, pelo contrário. Era mesmo um bom amante. Por um momento, hesitei, pensei: será que se pode perguntar a essa mulher de quase oitenta e sete anos o que queria dizer com "um bom amante"?

Se posso lhe perguntar algo pessoal? A qualquer hora. O que a senhora quer dizer com "bom amante"? Parou de tricotar por um momento. Ele não tinha pressa. Fazíamos por bastante tempo. E ele dava conta de fazer com frequência. Enfim — e então ela hesitou um pouco —, e de formas variadas. Aquiesci com a cabeça, apesar de ela não poder enxergar, e apesar de eu — admito sem cerimônia — estar então interessado nesse jeito diferente e também — do contrário, eu estaria mentindo — nessas formas variadas. Não dei prosseguimento à pergunta. O que perguntei foi se ficou com a consciência pesada por não ter contado nada a Bremer sobre a capitulação.

Fiquei sim, ela disse, fiquei, no começo, nos primeiros dias, nessa fase ela teve que se policiar para não deixar a verdade simplesmente vir à tona. E claro que mais tarde também, mas isso já era uma outra história. Mas entre esses dois momentos, na verdade, não. Não, me diverti, sim, me diverti com isso, falando francamente. Apesar de nunca ter gostado de mentir. É fato. Mentirinhas, claro, de vez em quando. Mas mentir mesmo, minha mãe sempre dizia que as mentiras deixam a alma doente. Mas, às vezes, mentir também faz bem para a saúde. Acho que omiti uma coisa, e ele omitiu outra: a esposa e a criança.

Sim, ela disse. Ele andava de meias. A guerra em Hamburgo tinha acabado de verdade. Mas ele continuava andando para lá e para cá de meias, sem fazer barulho. Não havia mais guerra, e eu tinha alguém em casa que se esgueirava de meias para lá e para cá. Não que eu tivesse feito troça dele, mas eu o achava engraçado. Riu. Quando se acha alguém engraçado, não é necessário deixar de querer bem, apenas não se leva a pessoa mais assim tão terrivelmente a sério.

Na manhã seguinte, ela desceu as escadas, lá embaixo estava Lammers, o vigilante do quarteirão, paralisado de tão sério: Adolf Hitler está morto. Ele não disse: o Führer está morto. Ele disse, Adolf Hitler está morto. Como se o Führer não pudesse morrer de jeito nenhum, somente Adolf Hitler. A senhora não ouviu? Deu no rádio. Dönitz é o sucessor, o grande-almirante Dönitz, ele corrigiu em seguida. A senhora não pode sair hoje, os ingleses decretaram que é proibido sair de casa. Os ingleses já estão na prefeitura, o general Wolz entregou a cidade sem combates. Sem combates, ou seja, sem honra, disse ele, e olhou para ela com seus olhos azuis arregalados. Mas o senhor pode continuar combatendo, senhor Lammers, como guerrilheiro nazista, disse Lena Brücker. Ah, e agora me passe a chave do apartamento. Não precisamos mais de um fiscal dos procedimentos antiaéreos. Nisso a boca de Lammers se encrespou, e um suspiro escapou dessa boca de funcionário de registro de imóveis, um gemido, um resmungo. Retirou a chave do molho. Ela subiu as escadas, ouviu atrás de si: ideais, traição, Verdun, pátria, Ritter von Speck, e então, quase incompreensível, fielparasempreeeternamente.

Chegando lá em cima, ela destrancou a porta. Bremer saiu da câmara, pálido, e no rosto o susto, pensei, está vindo alguém aí, o vigilante do quarteirão. Não, ela disse, ele está lá embaixo, içou a bandeira a meio-mastro em luto pelos que morreram lutando.

Se perdemos a guerra, perdemos nossa honra, disse Bremer. Bobagem, não estou nem aí para honra, disse Lena Brücker. A guerra logo vai acabar. Dönitz é o sucessor de Hitler.

O grande-almirante, disse Bremer — outra vez um contramestre com placa de Narvik e cruz de ferro de segunda classe. Isso é bom. Dönitz negociou com os americanos? Com os ingleses? Agora é contra os russos finalmente?

Ele colocou a resposta na boca dela, de fato. Sim, acho que sim, disse Lena Brücker, e não estava assim tão longe da realidade, pois Himmler fez uma proposta para os Aliados através de um mediador sueco: um tratado de paz com a Inglaterra e os Estados Unidos para então marcharem juntos contra a Rússia. Estamos precisando mesmo disso: jipes, corned beef e Camels.

Claro, disse Bremer, é o que Dönitz vai fazer. Sim, ela disse, apesar de, naquele momento, ele ainda não estar negociando; em vez disso, transmitia ordens de resistir a todo mundo e deixava desertores serem fuzilados. Bremer olhou para a cruzadinha. Cavalo com asas: seis letras. É lógico. Olhou para cima, finalmente, disse ele, finalmente Churchill acordou. Agora, disse levantando-se, é contra os russos. Uma paz negociada com o Ocidente, é lógico, disse ele outra vez. Ela não entendeu. Bremer se levantou, falou, olha isto, e pôs o atlas escolar sobre a mesa. Apenas nesse momento ela percebeu que o atlas havia sido retirado do armário. Isso quer dizer que ele deve ter procurado, deve ter vasculhado câmara, estantes, baú e criados-mudos, pois esse atlas ficava na gaveta do armário, bem embaixo, e em cima as cartas, algumas do filho dela e, amarradas com cuidado em um maço, sobretudo aquelas dele, Klaus, o vendedor de botões. Quem é esse?, perguntei. Essa é, disse a senhora Brücker, uma outra história. Não tem nada a ver com a currywurst. Ele deve ter lido as cartas, ela pensou, remexeu e leu tudo. E não posso nem mesmo perguntar, uma pergunta assim é bastante tola, e ele simplesmente diria que não, assim como mentiu quando perguntou se era casado. A carteira com a foto simplesmente estivera ali; mas Bremer deve ter vasculhado as coisas dela em sua ausência, o que faz uma enorme diferença. E ele sequer tentou dar uma explicação para o fato de estar segurando o atlas, ele estava ali de pé, e ela pensou, ele está ali como tantos homens de uniforme dos quais nos últimos anos foram mostrados fotos e imagens, o Führer, os comandantes-em-chefe da Wehrmacht e da marinha de guerra inclinados sobre mapas abertos sob lâmpadas de mesa, ou mapas dobrados sobre os quais um dedo enluvado batia apontando, ou em jipes, pequenos e amassados em trincheiras, metidos na lama, é lá que eles vão se posicionar, disse ele. Os ingleses, disse ele, o comandante da Armada sempre enfatizava, perderão essa guerra mesmo que a ganhem. Depois será o fim do império global, depois os russos estarão no Mar do Norte. Aqui vão se posicionar, reconquistar Berlim, então Wroclaw, então Königsberg, uma manobra militar como um movimento de pinça de cima para baixo, gigante, o cerco da Curlândia será fortalecido, nossas unidades se dispersando, finalmente com o apoio dos caças, muitos navios ainda estavam intactos. Era a primeira vez que o via assim tão agitado, tão estranho e tão empolgado, mas então, subitamente, ele se deixou cair no sofá e, não havia outra forma de dizer, seu rosto escureceu, sobre ele moveu-se uma nuvem, uma nuvem muito negra, agora ele está pensando, refletiu ela, que terá que permanecer aqui, que não poderá mais sair, não poderá participar do avanço das tropas. Não que fosse um herói, ele mesmo nunca se vira dessa forma. Mas havia uma diferença entre lutar quando tudo se movimentava para frente, vitórias sendo festejadas, informes especiais, tã-nã-nã, submarinos no Atlântico, o capitão-tenente Kretschmer afundou cem mil toneladas de arqueação das unidades inimigas, emblemas de folhas de carvalho com espadas, *Les préludes*; entre isso e recuar, o que significava voltar de alguma forma para casa e o mais são e salvo possível.

Ah, bom, ele disse, pensativo, mergulhado em si no sofá surrado pelo uso, é por isso que não se escutam mais tiros.

Ela podia imaginar o que Bremer estava pensando, mas não disse, que ele na verdade havia desertado, que teria que ficar neste apartamento por mais tempo ainda, que provavelmente teria que ficar aqui meses, talvez anos, que não era impossível que a guerra pudesse ser vencida e que, portanto, nunca mais fosse embora. O atlas aberto jazia ali, subitamente sem merecer atenção. Quando ela o pegou, viu que Bremer havia marcado cuidadosamente as linhas do front do dia em que desertara. No norte, a cidade de Bremen havia sido conquistada, o Elba fora cruzado pelos ingleses próximo de Lauenburg, os americanos haviam estendido a mão para os russos em Torgau. Já não restara muita coisa do Reich Alemão. Lammers dizia lá de baixo: o Führer simplesmente não quis escutar o conselho das estrelas. Estava bem claro, quando Plutão e Marte se cruzaram, nessa hora deviam ter atirado os mísseis V2 sobre Londres, sobre a Downing Street. As estrelas não mentem, dizia Lammers. Roosevelt morre, ele que odeia alemães, naturalmente judeu. Truman, ao contrário, esse tinha visão. Churchill da mesma forma, apesar de beber muito, bem tinha percebido aonde todos iam parar. Comunismo, bolchevismo. Inimigo da humanidade. Todos falavam sobre a virada. Virada, essa também era uma palavra tão nazista. A virada está chegando. Bremer, o contramestre, disse: durante a virada, é melhor ficar quieto no seu canto. Ele estava sentado ali, uma sombra assustada jazia sobre seu rosto, uma ruga espremeu-se interrogativa na testa, um pouco torta, uma ruga que se erguia, um pouco curvada, ainda sem contorno. Sentei ao seu lado no sofá, e ele pôs a cabeça no meu ombro, e lentamente a cabeça escorregou para baixo, até os peitos, e assim o segurei. Pensei, se ele agora começar a chorar, então vou contar. Acariciei seu cabelo, aquele cabelo loiro, fino, cortado curto, dividido à direita. E lentamente, muito lentamente, sua cabeça escorregou até meu colo, ele empurrou a mão para debaixo da minha saia, pedindo lentamente, uma hora até tive que me levantar um pouco para liberar o acesso.

Mais tarde, na ilha de colchões, ele escutava com atenção. Estranho, disse. Nada de alarmes, nada de tiros. Assustador, o silêncio. Assim de repente. E contou o que lhe haviam dito durante o curso de instrução, como resultado de muitos anos de experiência de guerra em batalhas terrestres: o silêncio é sempre suspeito. Ontem, os ingleses ainda passaram o dia atirando sobre o Elba. Hoje, esse silêncio inquietante.

Parou de tricotar, ergueu a parte da frente do pulôver: ficou bom o tronco desse jeito?

Marrom-escuro, quase preto, o tronco — que, em algum momento, deveria virar um pinheiro — elevava-se do marrom-claro da paisagem com colinas. O azul de um dia sem nuvens já se mostrava no vale.

Consegue enxergar o horizonte?

Sim, eu disse.

Mas agora vai ser difícil, com os ramos do pinheiro. Como a senhora faz isso?

Eu tricotava bastante antigamente. Às vezes, um gato na frente de um poste de luz; outras, um pequeno veleiro. Uma vez, fiz um balão. Nessa época, eu quase já não enxergava mais. E sempre paisagens com montanhas, sol e pinheiros. Até mesmo com nuvens, tricotava nuvens bem perfeitinhas. Mas isso já não consigo mais, acho.

Você gosta da paisagem?

Muito bonita. Talvez mais duas, três fileiras de azul com tronco. Está bem, ela disse e olhou por cima de mim, contou os pontos, pôs-se outra vez a trabalhar com um fio azul e acrescentou um preto, que deveria continuar crescendo no céu.

Pois então, no dia seguinte, Bremer pediu para eu descer, só por um momento que fosse. Se eu não poderia arranjar uma válvula de rádio.

Já tentei. Não há o que fazer.

Mas ela desceu, foi até a rua e deu uma volta no quarteirão. Próximo à praça Grossneumarkt, lençóis brancos pendiam dos prédios que não foram destruídos. Os ingleses haviam proibido de sair de casa.

Tornou a subir as escadas.

No terceiro andar, espremida na própria porta, a senhora Eckleben aguardava. A senhora viu os tommies?

Não vi nada.

O que a senhora faz à noite afinal? A lâmpada da minha cozinha fica tremendo, o teto balança.

Estava escuro, ela não pôde ver o sangue subindo até o meu rosto. Faço ginástica.

Lá em cima, Bremer estava aguardando. As pessoas parecem ter sido varridas das ruas. Proibido sair de casa.

Vamos esperar, ele disse, melhor ficarmos quietos, senão chamamos atenção, aqui está bom mesmo. Eu era quase tão alta quanto ele, tinha um e oitenta na época, ele não precisava se curvar, boca com boca, olho no olho, sem precisar erguer a cabeça.

Estavam deitados nessa jangada de colchões, cobertos, era possível deixar a cozinha fervendo em tão pouco tempo, que podiam simplesmente ficar pelados, e ela lhe contou sobre o marido, Gary, que na verdade se chamava Willi, e era piloto de lancha, por assim dizer, capitão de uma pequena embarcação, e transportava estivadores para o outro lado do Elba, os estaleiros Deutsche Werft e Blohm & Voss. De manhã, quando as crianças estavam na escola, ela descia até os píeres, não ficavam muito longe, e então o acompanhava, sentada na frente ao seu lado na cabine de comando. Apenas atravessavam o Elba. O vento erguia as ondas. A lancha arfava. A espuma se chocava contra o vidro da cabine. Ele a envolvia com o braço e dizia: um dia simplesmente partiremos daqui, pelo Atlântico, para a América, vamos procurar uma ilha para nós. Aquela sensação: a barriga formigando, ondas, ondas de verdade são algo maravilhoso.

Estavam casados há cinco anos, quando Gary começou a fazer travessias no turno da noite. No início, ela não pensou nada, depois começou a pensar em uma mulher. Mas o estranho era que ele, voltasse de manhã bem cedo, dormia com ela. Peguei o turno da noite, dizia. Como a lancha não era sua, não podia decidir quando partir. Ganhava bem na época. Travessias noturnas eram remuneradas em dobro. Puderam adquirir alguma coisa: mobília para a sala, armário, duas poltronas, espelho vertical e quatro cadeiras, tudo de bétula e com polimento. Ele comprava ternos caros. Pano inglês, o melhor do melhor. E sapatos. Sapatos americanos. O lorde da rua Trampgang, assim o chamavam na vizinhança. Aquilo era embaraçoso para ela. Não combinava com a região. Andava para lá e para cá como um diretor, fumava charutos, Loeser & Wolff, até mesmo legítimos cubanos. Às vezes, era acordado à noite pela campainha. Aparecia alguém, dizia: vamos, você precisa vir. Ele se vestia, rápido, dava um beijo nela. E só voltava de manhã. Tenho que levar marinheiros até seus navios, ele dizia. Aquilo era estranho. Certa noite, já estavam dormindo, quando sua voz disse: vamos, Lenazinha, você precisa vir junto, se vista rápido. Casaco por cima, lenço na cabeça. Lá fora chovia. Não, não era só chuva, era tempestade. Havia um táxi lá embaixo. Até o porto, píeres. Lá estava a lancha. Seu colega, com o qual sempre fazia as travessias, não tinha vindo. Precisa de alguém para prender as cordas na hora de atracar. No meio da noite, partiram através do Elba, um marulho, as ondas tinham coroas de espumas. E então ficou tremendamente escuro. Era perigoso, isso ela percebeu pelo jeito como ele estava lá abraçado ao timão, o cigarro apagado na boca. O que está acontecendo? Ele não disse nada, estava ocupado com pegar as ondas corretamente.

Um navio de cabotagem surge da chuva. Aproxima-se devagar e navega lado a lado, em direção ao porto. Um sinal de luz do navio: três vezes curto, duas vezes longo. Gary pega a lanterna: quatro vezes curto, uma vez longo, conduz a lancha até bem perto do navio, atrás da popa, balança muito. Agora!, ele berra, agora pegue a corda. Jogaram uma corda até nós. Amarre bem firme! Aprendi todos os nós com meu pai, ele navegou em veleiros, por isso amarro firme, estou molhada, molhada da chuva, molhada da água do rio, a espuma caía sobre a gente, e Gary está acionando a manivela, tinha que cortar as ondas bem direitinho com a lancha para que não enchesse de água. E ainda havia as ondas geradas pelo navio de cabotagem. E então, splash, jogam algo na água. O navio muda de curso. Agora!, Gary grita. Sempre fui muito possante, puxei aquilo ali, era amarelo. Caramba, Lena, eu penso, é uma pessoa, está pendurada pelo colete salva-vidas, rosto pálido, é uma criança, e dou um grito. O que foi isso agora?, Gary berra. Pegue isso aí, droga, pegue isso aí! E segure firme! Continuo puxando, iço o fardo da água. Segure firme, ele berra. Puxei aquilo a bordo, alguma coisa clara, um pacote, impermeabilizado com verniz, por isso tão claro. Para mim ficou evidente o que o Gary estava fazendo ali: contrabando.

    O que é isso afinal?, perguntei quando voltei para o seu lado na cabine de comando. Nada, ele disse, você não sabe de nada, não viu nada. Eu estava congelando, estava encharcada. Meus dentes batiam. Pôs o braço em minha volta e assobiou. Estava de bom humor. Agora já não precisava mais acionar a manivela tanto assim, porque navegávamos a favor do vento, e as ondas vinham pela popa. Fomos então ao Tante Anni. Lá o pacotinho encontrou seu dono, um sujeito pequeninho. Bebemos um grogue. E mais outro. Gary tocou seu pente no bar. Algum pedido?, ele disse. *La paloma*, eu disse. Ninguém tocava no pente como ele. Um pedaço de papel de seda por cima, tocou *A internacional*, *Brüder zur Sonner zur Freiheit* e várias outras paradas de sucesso. Ele poderia se apresentar junto no show de variedades. Nunca aprendeu a tocar um instrumento. Só a soprar no pente. Mas fazia isso tão bem que as mulheres fraquejavam. Suas puladas de cerca duravam cada vez mais tempo. O lorde da rua Trampgang. Passava a noite inteira fora, então voltava, se arrastava até a cama quente e se deixava cuidar. Mentia. Dizia, não é nada, sério, me envolvia com os braços. E eu acreditava, porque queria acreditar. Mas sabia que não ajudaria em nada, nada mesmo, se eu lhe dissesse: não acredito. A gente não deve se iludir com nada. O amor é bonito porque se está a dois, mas isso também é um sofrimento, disse a senhora Brücker, por isso é tão difícil se separar. E a maioria só consegue fazer isso quando tem outra vez alguém com quem pode estar a dois. Ela deitava ao seu lado, acordada, sabia desde essa época quando ele estava dormindo um sono pesado, quando estava sonhando e quando roncava. Mas estava bem assim. Enfim. Naquela ocasião, no entanto, depois de navegarem no Elba debaixo de tempestade, foram para casa, de braços dados e levemente embriagados pelo grogue, ela com o vestido molhado. Mas por dentro estava com calor, por tudo. Disso ele entendia.

Dois meses mais tarde, no começo da noite, ele está sentado na cozinha, bebe sua cerveja, come batata assada, a campainha toca, e lá fora estão investigadores da polícia. Levaram-no na hora. Pegou três anos. Ficou um ano preso. Depois, acabou aquilo de ser capitão de lancha. Por sorte, também tinha a carteira de motorista para caminhão. Então saiu por aí, pelo interior. Capitão das estradas do interior. Até a Dinamarca, a Bélgica, mas principalmente até Dortmund e Colônia. E lá tinha algumas mulheres. Vinha para casa buscar cuecas limpas. Ele era, ela titubeou, me olhou com seus olhos azuis leitosos, um cafajeste. Sim, ela disse, você pensa que estou sendo injusta, não, ele era um cafajeste, mas um cafajeste que sabia soprar um pente maravilhosamente bem.

Foi desse jeito que me contou, foi desse jeito também que deve ter contado ao desertor Bremer, que estava deitado ao seu lado, na cozinha, sobre os colchões, muito provavelmente sem o seu sotaque hamburguês que só mais tarde, com a idade, se acentuaria, como aliás eu já havia observado na minha mãe, que, quanto mais envelhecia, mais carregado falava. E Bremer? Bremer ficou ali deitado prestando atenção. Tinha vinte e quatro anos e, com exceção de algumas experiências de guerra que ela não queria ouvir, não tinha muito para contar. Mas ficar assim deitada ao lado dele, aquilo era simplesmente bonito. Corpo com corpo. Também se pode conversar um com o outro assim, sem dizer uma palavra. Meu corpo estivera surdo e mudo. Por quase seis anos, com exceção do réveillon de 1943. Também isso ela contou ao Bremer. Eu gostava de conversar sobre o passado. Ele prestava atenção. Havia omitido que tinha uma mulher. E uma criança pequena. Talvez por isso mesmo não pudesse dizer nada. Eu o teria trazido até lá em cima e o teria escondido de qualquer forma. Não tinha nada a ver com o fato de ter simpatizado com ele. Ajudaria qualquer um que não quisesse mais participar daquilo. Simplesmente esconderia. São as coisas pequenas que fazem os grandes tropeçarem, não é? Basta que sejamos muitos para que também caiam. A sua avó, essa aí era corajosa. Até interveio uma vez. Conhece a história com o cassetete? Não, menti, para poder ouvir de novo pela boca da senhora Brücker. Uma história que eu já havia escutado várias vezes quando criança através da minha tia e que se passou no verão de 1943. Minha avó, uma mulher forte, de cabelo grisalho, com uma barriga blindada por um espartilho, filha de um padeiro de Rostock, portadora da cruz de honra das mães alemãs, nunca tinha se interessado por política. Estava ocupada criando cinco crianças. Mais tarde, participou de demonstrações contra o rearmamento. Morava na rua Alter Steinweg e lá, por ser uma mulher assim tão resoluta, tornou-se fiscal dos procedimentos antiaéreos. Depois do primeiro grande ataque a Hamburgo, em julho de 1943, salvou do fogo duas crianças, seu cabelo ficou chamuscado e os cílios viraram apenas dois pequenos calombos de uma cor amarelo-escura. Na Alter Steinweg, prisioneiros de guerra russos removiam com pás os escombros da rua, figuras famintas, as cabeças raspadas. Estavam sendo exortados a trabalhar por soldados letões da SS com cassetetes de borracha. Lá foi minha avó, o capacete de aço pendurado no braço tal qual uma sacola de compras, em direção a um soldado letão da SS que estava espancando os prisioneiros e tirou o cassetete da sua mão, deixando-o boquiaberto. Houve muitas testemunhas. Agora chega, ela disse. Então simplesmente seguiu em frente, e ninguém ousou encostar nela. É preciso saber dizer não, disse a senhora Brücker: como o Hugo. Ele é corajoso. Troca a fralda dos velhos na ala de tratamento. Fiz muita coisa errada. E com frequência olhei para o outro lado. Mas então eu tive uma chance, bem no fim. Talvez seja o melhor que eu tenha feito, isso de esconder alguém para que não fosse morto e também não pudesse matar os outros. O que veio depois, isso tem a ver com o fato de que tudo passou muito depressa. Entende? Não, eu não entendia, mas disse que sim para que continuasse a contar.

Eles estavam deitados na cozinha na ilha de colchões e escutavam atentamente. Como estava silencioso. Uma hora, puderam ouvir um carro de som. Uma voz, estridente e distorcida, ao longe. Escute isso, ele disse. Consegue entender alguma coisa? O que ele está falando? É em alemão? Ela escutou com atenção. Besteira. Começou a contar como foi exercitado ali o bloqueio de luz nos primeiros dias de guerra; naquela época, também circulavam o tempo todo por aí com um carro de som. Agora vão fazer isso por causa dos russos. Também têm aviões. Mas são assim uns pássaros paralíticos, foi o que ouvi. Silêncio, ele disse, dá para ficar quieta só um pouquinho? Que droga, por um instante ele se enfureceu para valer. Mas ela continuou falando teimosamente e freneticamente alto. Ele se levantou de um pulo e correu até a janela. Tome cuidado, ela gritou, não abra a janela. O alto-falante emudeceu. Isso parecia inglês, disse Bremer. Besteira, era alguém com um desses dialetos portuários, era o dirigente regional do partido, eu o conheço, se chama Frenssen. Ela ergueu a coberta. Mas ele não queria mais deitar, vestiu o casaco da marinha e foi até a janela. Ali estava ele de pé com suas pernas finas e nuas, olhando fixamente lá para baixo.

Um silêncio distante e profundo. Aviões bombardeiros sobrevoavam a cidade de tempos em tempos. Sem detonações. Ela adormeceu. Fazia barulho com a boca enquanto dormia. Ele foi se deitar outra vez. A certa altura da noite, as sirenes soaram brevemente, como se a cidade suspirasse em meio a um sonho difícil, cheio de árvores em chamas, asfalto líquido e tochas sibilantes. Ele prestara serviço bem lá em cima no norte no seu barco de patrulha, até que foi transferido graças ao seu emblema de cavaleiro. Cavalgar, disso ele gostava. Precisava apenas passar os dedos na anca de um cavalo, um cavalo que tivesse suado, e então cheirar a mão; esse cheiro de ar, suor de cavalo e couro, que grudava na mão, fazia-o lembra da cidade de Petershagen, do rio Weser, lá os prados se alongavam até a margem, o rio dava voltas ao longo da margem, não rápido, mas sim com uma corrente visível com muitos pequenos redemoinhos.

    Ele acordou de manhã. Escutou vozes vindas da rua. Até mesmo um carro na rua transversal, não movido a gás de madeira, um outro barulho, mais silencioso que o diesel. As pessoas estão lá fora, disse ele da janela. Acabou o toque de recolher. Ela deveria descer para conferir, por favor, agora mesmo. Já. Ele a apressou como se mal pudesse esperar para sair da cozinha, do apartamento. Não lhe deu tempo sequer de preparar um café, nada de abraço. Estava ali de pé, vestido, como se quisesse deixar aquele lugar, ir lá para fora, sair correndo, era assim que olhava para a Brüderstrasse lá embaixo.

    Ela foi até a Grossneumarkt. Havia pessoas ali, conversavam sobre os ingleses, que estavam na cidade desde ontem. Hamburgo foi entregue de um general comandante em um uniforme cinza para outro em um uniforme marrom-cáqui.

    Houve algumas pilhagens, mas as mulheres não foram incomodadas. No entanto, também não se distribuiu chocolate para as crianças. Como sempre, formaram-se filas junto aos hidrantes. Porém, não se via mais uniformes alemães, nada de cinza, nada de azul, nem mesmo nada de marrom. Caminhou em direção à praça Rathausmarkt. Na ponte Michaelisbrücke, viu o primeiro inglês. Estava sentado sobre um tanque de reconhecimento, fumando. Uma boina na cabeça, os ombros do pulôver revestidos com couro. Esse pulôver lembrava um pouco uma cota de malha de ferro. Vestia largas calças marrons, perneiras, coturnos. Dentro do veículo, também estava sentado um tommy, usava fones de ouvido e falava em um aparelho de transmissão. O homem sobre o tanque mantinha o rosto no sol. Então são esses os vencedores, ela pensou, ficam aí sentados tomando sol. Ao lado do tanque de reconhecimento, havia um grupo de soldados alemães. Estavam sentados no meio-fio. Um deles tinha um carrinho, sobre o qual havia uma mochila e duas bolsas militares, bolsas como as que a Reichswehr havia usado, forradas com pele de novilho. Eram homens mais velhos. O equipamento todo feito de improviso. Um deles, um velho com um curativo no nariz, trazia um cobertor enrolado nos ombros como se fosse uma salsicha gigante. Tinham a aparência cansada e a barba por fazer. O inglês não reparava nos alemães, os alemães não reparavam no inglês. A diferença é que não estavam com o rosto no sol. A maioria estava sentada ali olhando fixamente para frente. Um deles havia tirado o coturno, colocara a meia cheia de furos sobre o paralelepípedo e fuçava entre os dedos do pé. De vez em quando, cheirava a mão.

Quando chegou à Brüderstrasse, viu a aglomeração na frente do prédio. Ali havia vizinhos, pessoas desconhecidas, também dois policiais alemães. E seu primeiro pensamento foi que Bremer estava sendo preso. Talvez alguém o tivesse descoberto, mas talvez tivesse ele mesmo se arriscado a sair do apartamento e ficado sabendo através da senhora Eckleben que a guerra acabara. Lena Brücker se espremeu entre as pessoas na escada. A senhora Claussen estava ali, e minha tia Hilde, que morava lá embaixo, no primeiro andar, em cuja cozinha eu gostava tanto de ficar sentado quando era criança. Coitado, disse a senhora Eckleben: ele não suportou a vergonha. O que foi?, perguntou Lena Brücker, pelo amor de Deus quem é?, e sentiu seu coração como uma pedra congelada. A tia Hilde indicou-lhe a entrada do apartamento de Lammers, que morava no térreo, para onde mais tarde se mudaria o relojoeiro Eisenhart. Um homem tentava capturar a gralha de Lammers, que fugira da gaiola aberta e esvoaçava agitada pelo recinto. Cadê o Lammers? A senhora Eckleben apontou para o corredor do edifício. Lá, no escuro, em frente à porta de acesso ao refúgio antiaéreo no porão, em uma corda atada no corrimão superior da escada, estava pendurado Lammers. Vestia seu uniforme de vigilante do quarteirão, e a cabeça estava caída de lado, como se quisesse se apoiar em algum lugar, no ombro ou no peito de alguém. Deve ter posto o grande capacete de aço da Primeira Guerra Mundial, pois tinha caído da sua cabeça e agora jazia debaixo dele como um penico.

Ela destrancou a porta do apartamento lá em cima, ponderava se não deveria dizer agora, a guerra acabou, ao menos para Hamburgo, o vigilante do quarteirão está pendurado em uma corda na escada do prédio, quando nesse momento Bremer perguntou: os ingleses chegaram? Sim, ela disse, eu os vi, estão sentados na Michaelisbrücke junto com soldados alemães. Estão pegando sol.

Viu só, ele disse, eu sabia, está começando, contra a Rússia.

Sim, ela disse, talvez. O jornal? Ainda não há jornais, as novidades são informadas através de alto-falantes e do rádio. O governo Dönitz clamou para que se mantenha a disciplina, ninguém tem permissão para abandonar seu posto. Ele a envolveu com os braços. As lojas devem reabrir. As autoridades estão trabalhando. Amanhã vou para a repartição. Ela o beijou.

E eu, ele disse, o que devo fazer?

Esperar, por enquanto.

V

Na quarta tarde em que nos encontramos, a senhora Brücker quis sair para a rua.

Está chovendo e ventando forte, eu disse.

Por isso mesmo. Adoro andar por aí na chuva, e não gosto de pedir para o Hugo, já está bastante atarefado. O menino não tem por que ainda se molhar. Você sabe o que uma tribo de ilhéus do sul do Pacífico faz com seus idosos? Eles inclinam uma palmeira até embaixo, a velha tem que se agarrar firme ali, então a corda é cortada e zás, lá vai. Se a velha ainda tiver bastante força para se segurar, aí tudo bem, pode voltar a descer da palmeira; mas se não conseguir, então lá se vai ela para o céu. Lindo, não?

Perguntei aonde eu deveria levá-la.

Até a estação Dammtor, se for possível. Estivera lá uma vez quando criança, com a turma da escola, e teria cumprimentado o imperador, que, quando vinha a Hamburgo, sempre desembarcava nessa estação de trem. *Saúdo-te com a coroa de vencedor* foi o hino que a turma cantou, mas ela, na mesma melodia: *batata com arenque, que fedor!* Seu pai fora socialista e esteve no sindicato, um homem com uma careca poderosa.

Retirei do armário a sua capa de chuva, uma capa verde-escura emborrachada com mais de cinquenta anos. Sobre o chapéu cloche marrom, ela puxou um capuz de plástico, que foi atado na frente com duas fitas. Fez tudo isso com movimentos calmos, tateantes. Pronto, ela disse, agora podemos ir. Parei na frente da estação, ajudei-a a descer do carro, disse-lhe que teria que esperar um pouco. Só encontrei um lugar para estacionar depois de algum tempo, e ainda assim bem afastado. Voltei correndo, pensei, talvez ela tenha ficado impaciente, tenha seguido sozinha e se perdido no tumulto da estação. Eu já imaginava uma aglomeração de pessoas e, no meio dela, como uma criança perdida, a senhora Brücker. Mas ela estava ali, com sua capa de chuva verde-garrafa, onde eu a deixara, segurava-se à grade da calçada como se fosse a grade de um convés e esticava o rosto como se procurasse algo, de encontro às rajadas de chuva. Ela fez questão de caminhar embaixo da ponte do trem, lá ficavam outrora as janelas de fundo da cozinha da estação; e depois eu deveria passar com ela em frente ao casarão na rua Dammtorstrasse, onde antigamente havia um posto policial; por fim, queria ir ao monumento aos soldados do 76º regimento mortos em combate. Um grande bloco de arenito, em torno do qual marchava uma companhia de soldados em tamanho natural: a Alemanha precisa viver, mesmo que nós tenhamos que morrer.

Chega a dar arrepio, ela disse.

Descrevi para ela o estado do monumento, que havia sido atingido por bexigas com tinta vermelha e preta jogadas por pacifistas. Alguns soldados tiveram os rostos destruídos com cinzel. Um protesto.

Entendi, ela disse. Mas dois soldados têm um cachimbo na boca. Eu sempre mostrava esses aí para os meus filhos. Os outros são todos iguais. Dei uma volta com ela em torno do monumento e procurei os soldados com o cachimbo. Seus rostos estavam intactos.

Que bom, ela disse.

Ela quis voltar. Caminhamos devagar até a entrada principal da estação, ela se segurava em meu braço, sem dizer nada. Acho que queria sentir a chuva no rosto, queria escutar de perto os barulhos da cidade: debaixo da ponte, a vibração das rodas do trem, os carros indo e vindo, fiapos de conversas, passos apressados, avisos pelos alto-falantes. Presumo que quisesse visitar algum local que tivera um significado especial na sua vida. Não tive coragem de perguntar.

Deixei-a esperando outra vez na entrada da estação, busquei o carro, parei, saltei, levei-a até o veículo, buzinas agressivas atrás de nós, temos que andar mais rápido, eu disse, ajudei-a, não, empurrei-a por sobre o banco, nervoso por causa das buzinas daqueles idiotas impacientes. Ela não disse nada, mas vi que se machucou, algum estiramento nas costas. Trouxe-a de volta ao abrigo. Ela disse estar esgotada, hoje não conseguiria contar mais nada. Amanhã também não.

Foi um dia em que trocamos apenas algumas frases. Mas quando caminhávamos na chuva, ficou evidente para mim, através da pressão suave em meu braço, a força que custou a essa mulher viver sua vida e ainda preservar sua dignidade.

Voltei a visitá-la em Harburg somente dois dias mais tarde.

Nesse intervalo, eu havia telefonado para um amigo, um inglês, etnólogo e viajante por paixão. Interroguei-lhe sobre o curry, manjar dos deuses. Besteira, curry, assim enlatado, isso é McDonald's em indiano, curry vem da palavra kari no idioma tâmil, que quer dizer "molho". Diferentes temperos são adicionados à comida conforme o gosto, uma arte combinatória, que pode ser variada individualmente e à vontade. Com dezesseis ou até mesmo vinte temperos diferentes é quase infinita a variedade de sabores. Um remédio contra a melancolia? Sim, disse Ted, um racionalista convicto, é perfeitamente possível. A pimenta, por exemplo, acelera a circulação e com isso melhora o bem-estar. Gengibre e cardamomo são considerados antidepressivos e afrodisíacos. Aquele sonho acordado, se se tratava de uma boa mistura, não era improvável. Teria comido curry uma vez e depois sonhado que era um gambá, equipado com uma glândula odorífica fabulosa. Quando acordou, precisou fugir para um local aberto.

Eu tinha ido também à biblioteca estatal de Hamburgo, procurei os microfilmes do jornal Hamburger Zeitung desde os últimos exemplares até o dia 2 de maio, e o primeiro do dia 7 de maio. Foi difícil de acreditar, mas o arquivista me garantiu que foram os mesmos redatores que, em uma semana, escreveram sobre vitória final e luta até o último homem e, na semana seguinte, estavam interpretando as decisões dos comandantes britânicos em Hamburgo. E, entretanto, alguma coisa havia mudado nesses poucos dias. As palavras recuperaram uma parte dos seus significados. Elas já não distorciam mais a realidade da mesma forma que antes. Mas é claro, disse o arquivista: quem paga a orquestra escolhe a música. Todos os termos como batalhas defensivas, armas milagrosas, Volkssturm haviam desaparecido, e mesmo as "verduras silvestres", que eram glorificadas durante a escassez e no dia 1º de maio ainda recebiam elogios por serem esplendidamente saborosas, agora, sete dias após a capitulação, chamavam-se urtiga e dente-de-leão fresco. Mas a receita era a mesma. Claro que há uma diferença entre comer verduras silvestres ou uma salada de dente-de-leão, a qual fazia pensar na hora em criação de coelhos.

    A vida seguia em frente. De algum modo, disse a senhora Brücker. Era simplesmente bom saber que, ao chegar em casa, havia alguém esperando você e que, ainda por cima, tudo estava arrumado. Bremer limpava tudo, da proa até a popa, como tinha aprendido na marinha. Do contrário, não havia mesmo nada para fazer. Nunca a cozinha esteve tão nos trinques, disse a senhora Brücker, quanto na época em que Bremer morou lá em cima. As panelas eram colocadas uma dentro da outra, os pegadores na mesma direção. As tigelas eram organizadas pelo tamanho. As frigideiras não apenas lavadas, mas também esfregadas com areia. As tábuas de madeira estavam empilhadas como telhas sobre o aparador, as facas afiadas reluziam na parede. E até mesmo o fogão, que há anos não era limpo por dentro, estava tão brilhante que, um ano mais tarde, ela ainda hesitava em fazer ali o primeiro assado. Quando chegava em casa, Bremer estava de pé no corredor, abraçava-a, beijavam-se, mas cada dia mais rapidamente, pois ela podia sentir nas costas dele sua tensão interior, estava ali tão retesado, mal podia esperar para finalmente perguntar o que estava acontecendo lá fora, se havia jornais, se encontrara uma válvula de rádio, onde o front agora transcorria. Ela precisava, portanto, trazer notícias. Para isso, não era necessário mentir muito. Afinal, no início, quase tudo continuava como antes.

Dois oficiais ingleses haviam surgido na repartição, um capitão e um major. Ambos falavam alemão com um sotaque hamburguês. Examinaram os arquivos da diretoria. A seguir, Lena Brücker foi interrogada pelo capitão. A senhora é diretora da cantina? Sim, mas só como interina. A senhora era membro do partido? Não. De alguma outra organização de apoio? Não. Ele queria saber quais diretores eram da SS ou da SA. Então Lena Brücker disse: é melhor o senhor mesmo perguntar, poderá perceber na hora quem está mentindo. O homem entendeu, riu e disse ok.

O jipe, o corned beef e o soldado alemão, simplesmente imbatíveis. Foi o que disse o Dr. Fröhlich. Fröhlich discursou após o major inglês, que apenas comunicou brevemente que se deveria garantir o abastecimento da população. Por isso, em um primeiro momento, todos deveriam continuar em seus empregos. E então falou, como foi dito, o Dr. Fröhlich, não no uniforme marrom do partido, não em calças largas ajustadas nos joelhos, botas de cano alto, mas sim em um modesto terno cinza, na lapela não o emblema do partido, mas sim um pequeno brasão de Hamburgo. O Dr. Fröhlich falou sobre a carroça que fora atolada na lama, e quem foi que atolou?, perguntou Lena Brücker a Holzinger, sentado ao seu lado. Bem, esses nazistas pamonhas. Fröhlich falou dos esforços conjuntos para agora tirar outra vez essa carroça da lama, sujeito repugnante, disse Lena Brücker já um pouco mais alto, Fröhlich disse "empurrem!" e outra vez "empurrem!", e agora temos que trabalhar até — nesse momento Lena Brücker não conseguiu mais se conter, escapou completamente da sua boca, alto e claro: até a vitória final. Vitória final, ele disse. Titubeou, eu disse vitória final?, não, disse, até o recomeço, é claro, e a reconstrução, e então disse, do jeito que aprendera quando moleque na Bavária, fique com Deus, quis estender a mão para o major inglês, que, no entanto, como o Dr. Fröhlich dissera, pertencia à família dos judeus. O major simplesmente não viu a mão, de tal forma que o Dr. Fröhlich ficou ali por um momento, bastante embaraçado, para então sair sem o cumprimento. Mas não saiu do cargo de chefe da repartição, pelo menos não de imediato, era indispensável no começo, esse competente jurista administrativo. Substituíram-no somente um mês depois, foi parar em um campo de detenção por nove meses, voltou então para a repartição, foi rebaixado de cargo, tornou-se diretor de pessoal, e uma de suas primeiras ações foi demitir Lena Brücker. Mas ainda não chegamos a essa parte, disse a senhora Brücker. Ergueu a peça do pulôver. O pinheiro verde já estendia seus ramos no azul do céu. Começava o trecho do pulôver que exigiu dela interrupções mais frequentes, contar os pontos, apalpar... Aí eu também fui incluído, precisava dizer quando vinha o próximo ramo estilizado do pinheiro, ela trabalhava agora com três fios, azul para o céu, verde para o pinheiro e um marrom-claro que tecia um último cume de colina até o alto no azul. Foi a única vez que falei algo em voz alta em uma reunião pública, disse ela. Holzinger já dizia nessa época: os nazistas continuam crescendo, como as unhas dos cadáveres.

    Holzinger seguiu como chefe dos cozinheiros da cantina. Depois que os ingleses comeram a sopa gulache que preparou para eles, nunca mais lhe perguntaram se fizera parte do partido.

    O major tinha ido embora de Hamburgo em 1933. Na época, ainda pôde levar sua biblioteca. O capitão fugiu pouco antes da guerra eclodir, só levou uma bolsa, dentro dela material de barbear, um pijama, a foto dos pais e seu passaporte com um J carimbado. Os dois estavam elegantes em seus uniformes cáquis com os enormes bolsos laterais. Tinham muito menos couro no corpo do que os soldados alemães, que sempre cheiravam a cavalo suado, disse a senhora Brücker com seu olfato sensível. O capitão ofereceu um cigarro a Lena Brücker, que aceitou. Quando lhe ofereceu fogo, ela disse que, se não se importasse, gostaria de fumar o cigarro depois do trabalho. Ele sempre me olhava assim, hã, não sei dizer, como se estivesse a fim de fraternizar comigo, o que na época ainda era proibido para os ingleses. Por causa disso, o capitão Friedländer lhe oferecia todo dia dois, às vezes três cigarros, que Bremer fumava à noite. Um antes da janta, um após e um depois de se deixarem levar na jangada de colchões.

Bremer acendia o cigarro, Players, inalava a fumaça, que desaparecia nas suas profundezas e depois voltava a surgir em pequenas nuvenzinhas. Minha nossa, quem fabrica um cigarro assim também ganha guerras. Bremer havia apontado os lápis — vermelhos, verdes, amarelos e marrons —, o atlas jazia sobre a mesa. Uma grande conferência sobre a situação na Armada. Ele marcara as posições dos ingleses, dos alemães e dos americanos e agora queria saber onde, segundo as últimas notícias, as tropas estavam. Ela escutara na cantina que Montgomery continuava avançado para o leste, de encontro ao Exército Vermelho, enquanto Eisenhower deixara suas tropas junto ao Elba. Isto é, Wismar, Magdeburgo, Torgau.

Lena Brücker omitira a palavra capitulação para a cidade de Hamburgo, isso foi tudo. O que aconteceu então exigiu apenas poucas palavras-chave para dirigir a fantasia de Bremer na direção em que se moviam os desejos de muitos, em segredo ou até mesmo expressos abertamente: pouco antes da derrota absoluta, ainda poderia haver uma virada. Quando Roosevelt morreu, não foi só Hitler que teve esperanças em um novo Milagre da Casa de Brandemburgo. Com os ianques e os tommies unidos contra os ivans. O exército alemão. Calejado por invernos gelados, pistas enlameadas de aeroportos, em estepes secas. Talvez a guerra ainda não estivesse totalmente perdida, talvez ainda fosse possível trapacear a catástrofe outra vez — e queria dizer também isso: a culpa.

Havia mesmo algo comovente, disse ela, no jeito em que ele estava lá sentado quando eu voltava da repartição ao fim do dia. Não tinha como não pensar no meu Jürgen, e dizia para mim mesma, espero que o menino esteja bem. Só que Jürgen tinha dezesseis anos, e Bremer, pelo menos vinte e quatro. Por outro lado, era eu quem lhe inventava informações sobre o desenvolvimento do front, que ele assinalava no mapa, então estabelecia os próximos alvos onde ocorreriam as investidas, naturalmente em direção a Berlim, em direção a Wroclaw, a cidade sitiada que continuava se defendendo heroicamente. Então está progredindo, ele dizia, de repente ganhava aquela ruga interrogativa, íngreme, um ar pensativo, não, amedrontado espalhava-se por seu rosto. Afinal, quanto mais as tropas tivessem sucesso, quanto mais avançassem outra vez de encontro ao leste, por mais tempo a guerra se arrastaria, e isso significava ficar mais tempo neste apartamento, semanas, meses e — começava a suar — anos. Claro que ele queria que a guerra chegasse ao fim, o mais rápido possível e, se possível, de forma vitoriosa. Mas mesmo que se chegasse a um fim pacífico, ficaria preso ali, e esse deve ter sido o instante em que lhe ocorreu pela primeira vez o pensamento de ter caído na armadilha de uma mulher. Voluntariamente, mas, como agora ficava bastante evidente, ainda assim uma armadilha. Se analisasse bem, não fora apenas o medo dos tanques, dos ingleses; ele havia permanecido, porque naquela manhã fria e chuvosa, deitado ao lado de Lena, a mão sobre o travesseiro quente e macio dos seus seios, a ideia de se levantar, de entrar em um buraco frio e enlameado e se deixar fuzilar lhe pareceu totalmente absurda, perversa até. E nesse momento ela dissera: você pode ficar. Se tivesse se escondido em algum lugar em um celeiro, em uma casinha vazia em um desses jardins no subúrbio, ele teria, quando os ingleses se aproximassem, saído de lá e se entregado, poderia dizer à polícia militar inglesa — que estaria mesmo cooperando com a alemã: perdi o contato com a minha unidade. Ao fim haveria uma confusão tão grande que a sua não chamaria muita atenção. No máximo, receberia uma carraspana. Agora, no entanto: o pelotão.

Essa sensação de estar em uma armadilha fazia-o zanzar durante o dia para lá e para cá no apartamento. Fazia com que, de tempos em tempos, após ter encerrado o trabalho na cozinha, ou seja, ter enxaguado, limpado, passado pano, polido, esfregado, tornasse a olhar a rua pela janela, ir à sala, da sala ao quarto, de lá de volta para a cozinha, escrever uma palavra na cruzadinha e então outra vez à janela.

Era uma sacudida leve e constante no teto, um rangido baixo, me diz a senhora Eckleben, que havia morado sob o apartamento da senhora Brücker. Não era tão forte, não se ouvia passos, mas mesmo assim dava para ouvir, não, sentir bem nitidamente que havia alguém lá em cima.

Estou sentado em um apartamento decorado com móveis escandinavos, em tons azul e cinza-claro, um tapete de cor bege. A filha da senhora Eckleben é professora e está prestes a se aposentar. Por ocasião da minha visita, preparou café, serviu um bolo de ameixa que ela mesma fizera. Ganhei uma porção caprichada de creme. No passado, a senhora Eckleben trabalhara no serviço de correio do Reich, na seção dos telégrafos. Ela enfatiza que toma banho frio todas as manhãs, elogia sua memória precisa, que é de fato incrivelmente boa. Tem vigor também na parte física, todos os dias passeia durante duas horas pelo bairro de Sasel. Estica bem o mindinho toda vez que leva a xícara de café à boca. Conta sobre a época da guerra. De vez em quando, se levanta, diz para sua filha — que igualmente se põe de pé de um pulo —, fique aí, Grete, você e seu problema na lombar, deixe que eu faço, caminha até o armário da sala, abaixa-se, abre uma gaveta e tira de lá um álbum de fotos, exibe-se para mim como mulher jovem, como ela diz. Na época, estava com quarenta. Este é meu marido, Georg, caiu na batalha de Smolensk, era sargento na artilharia. Mais uma xicarazinha?

Sim, por favor. Nem ela nem a senhora Brücker sabem que eu sei que não foi Lammers quem enviava os relatórios para a Gestapo, mas sim ela, a senhora Eckleben. Li os relatórios no arquivo, li o que ela pôs sobre Wehrs no protocolo. Em função disso, Wehrs foi preso e interrogado, ou seja, torturado: "W. se expressou sobre o Führer desta forma: alguém que incita à guerra para fazer avançar os negócios com a Thyssen e a Krupp. A indústria de armamentos determina a política, o homenzinho está dando duro. 23/4/36."

"W. faz verdadeiros discursos no corredor do prédio: o NSDAP seria um partido de criminosos. Horst Wessel, um estudante fracassado e cafetão. Os marajás nazistas, especialmente Hermann, o Gordo (um tonto da Gestapo escrevera na margem: o comandante supremo da Aeronáutica), são vigaristas, malandros, que vivem no bem-bom. Apostadores, impostores, viciados em morfina, criminosos. 6 de julho de 1936."

Isso deve ter sido pouco antes da sua prisão. Também encontrei um registro sobre Lena Brücker. Esses relatórios sobre a atmosfera dos locais eram registrados pelos nomes e números dos prédios.

"L. Brücker não incita abertamente, mas com frequência faz comentários críticos e corrosivos. Por exemplo, sobre a situação de abastecimento de combustíveis para os aquecedores. B: não acho que o Führer esteja com os pés tão frios quantos os meus. (As pessoas em volta riem.) Ou: os judeus também são seres humanos. Ou: o povo ama o Führer. Quando escuto isso... Amo meus filhos. E antigamente meu marido. Sei aonde isso leva. 15/2/43."

Uma anotação da Gestapo sobre Lammers: "Nacional--socialista convicto. Mas se recusa a fazer relatórios sobre vizinhos. Inapropriado!". Infelizmente, não dizia ali para o que ele era inapropriado. Talvez também fosse possível descobrir. Comecei a folhear, solicitar autos, mas então os devolvi sem ler. Aquele papel amarelo-amarronzado com as bordas desgastadas seria uma outra história. Afinal, eu só queria saber como a currywurst foi descoberta.

Mais uma xicarazinha?

Não, obrigado.

A tal da Brücker escondeu um homem lá em cima. No início, pensei que era um desertor, provavelmente seu filho, afinal ele era jovem aprendiz na artilharia antiaérea. Mas então, depois da capitulação, pensei, talvez seja alguém do partido ou um dos da SS. Os garotos foram perseguidos depois da capitulação. Eram todos uns idealistas. Foram enviados para as minas de carvão em Lorena. Apesar de quê, diz ela, esconder alguém desse tipo não era algo que acho que a tal da Brücker faria, com aquele jeito de pensar dela.

Eu poderia ter explicado à velha senhora Brücker por que a senhora Eckleben cumprimentou-a de repente tão amigável quando subiu as escadas. Lena Brücker não sabia o que estava acontecendo com ela, a senhora Eckleben furtivamente lhe passou um maço de cigarros da marca Overstolz com uma piscadela conspiratória. A senhora voltou a fumar, não é, disse a Eckleben. E piscou outra vez.

Lá em cima, foi recebida por Bremer, que não a abraçou, não a beijou, em vez disso perguntou: tem um jornal?

Não. As instruções estão sendo dadas pelo rádio, as notícias também. E então publicam as notícias nos murais de avisos que o jornal Hamburger Zeitung mantém junto à praça Gänsemarkt. E o que diz lá? Dönitz, o presidente do Reich, está negociando com os ingleses o restabelecimento das conexões ferroviárias entre Hamburgo e Flensburg. As coisas do dia a dia. Como assim não tem papel? O maior depósito de papel no norte da Alemanha pegou fogo. De que jeito? Incêndio criminoso. Ela lera isto no jornal: um pequeno depósito de papel havia incendiado. Se por acidente ou crime, não fora esclarecido ainda.

Incêndio criminoso, disse o Bremer, com certeza foi a SS.

Como você sabe?

É lógico, ele disse, claro, foi a SS. Haverá conflitos entre a SS e a marinha, também com a Wehrmacht, mas é claro, claríssimo. Dönitz vai acabar com eles. A marinha cumpriu sua obrigação, não participou de nenhuma das porcalhadas, nem do atentado ao Führer, nem de qualquer fuzilamento de prisioneiros de guerra russos.

Falando nisso, disse Lena Brücker, não há mais ataques aéreos, os russos não chegam até aqui com seus aviões bombardeiros. Lammers foi dispensado do cargo de fiscal dos procedimentos antiaéreos. Foi viajar. Onde será que está agora? Fiz que me devolvesse a chave. Então ninguém pode entrar. Mas é preciso continuar sem fazer barulho, andar sem calçados. Em quatorze dias, vai chegar papel da América. Já está a caminho. Nos navios Liberty. Esse foi o prazo que me dei, mais quatorze dias, então eu lhe diria a verdade.

Em um meio-dia de sábado, Lena Brücker chegou da repartição e colocou sobre a mesa um pacote pequeno, embalado com uma lâmina transparente. O que é? Ele girou o pacote na mão, para um lado e para o outro. Impermeável, dentro era possível ver pequenos pacotinhos, biscoitos, balas, latas. Uma ração de emergência, ela disse. Feita de estoques velhos do exército americano. Foram distribuídas em um asilo e em um orfanato. O capitão dera um pacote de presente para Lena.

Os pacotinhos, contou Lena Brücker, estão sendo lançados sobre as posições russas. Propaganda. Em vez de panfletos, os ianques lançam esses pacotinhos. Caem em pequenos paraquedas, manjar dos deuses. Bremer perfurou o saco plástico cuidadosamente com uma faca. Como aquilo era prático, uma embalagem bem vedada, não umedecia nem secava: os biscoitos salgados, nada mal, refresco em pó, uma pequena lata com mel, uma lata com queijo, uma pequena lata com salsicha, um pacote de balas. Quatro gomas de mascar. Desembrulhou uma daquelas plaquinhas empacotadas com papel de alumínio, partiu-a, deu a Lena a outra metade. Era a primeira vez na vida que colocava uma goma de mascar na boca. Uma plaquinha como papelão, eram estoques velhos do exército que se mascava até virar uma massa esmigalhada, mas que então ia engrossando aos poucos e ganhava consistência através da mistura com saliva. Eles estavam sentados à mesa e mascavam. Observavam um ao outro, o jeito como empurravam a mandíbula para frente e para trás, uma mascada que permitia sentir os dentes, uma mascada que endurecia os músculos, uma mascada que produzia um sabor, não sei dizer qual — pirulito que bate-bate. Eles se observavam mascando e começaram a rir. Seu chiclete tem gosto de quê? Ele mascava e mascava. O que deveria dizer? Ele se sentia como se estivesse em uma armadilha: tem gosto de quê? Nada, nada, deveria ter dito, nada. Deveria dizer morango? Aspérula? Finalmente, proferiu um prolongado "enfim!". O meu, ela disse, tem gosto de pasta de dente, menta, ela disse. Sim, ele disse, exatamente, hortelã, mas com certeza já está bem velho. Sinto o gosto só de longe. Não, se fosse sincero, ele não estava sentindo gosto de nada.

 Ela abriu a janela. O vento empurrou o calor para dentro da cozinha. O sol refletia nas janelas do outro lado. Ofuscava de tão claro. Ela se despiu, sem nenhum pudor, nua, como nunca antes havia feito, e isso apesar de já não ter mais vinte anos, deitou-se ao seu lado na jangada de colchões. Ficaram deitados, apoiados nos cotovelos, beberam alguns copinhos de aguardente de pera e beliscaram as bolachas salgadas. Ela queria deitar do outro lado, à esquerda. Seu ombro direito doía, também as costas. Era o lado em que havia carregado a bolsa com as batatas furtadas da cantina. Onde é que dói? Aqui, ela encostou os dedos na coluna, na altura da bacia. Espero não ficar com lumbago.

Deite aí, ele disse, de barriga para baixo! Relaxe! Deixe a bunda cair! Está tensa ainda! Bem relaxada! Ajoelhou-se por cima dela e começou a massagear suas omoplatas, então a coluna, até lá embaixo, na bacia. Onde havia aprendido isso, essa pegada suave, porém firme? Cuidando de cavalos. Seu pai era veterinário, lembra? Ela riu até ficar com soluços. Então teve que segurar o ar e contar até vinte e um, enquanto ele passeava até lá embaixo da coluna com o nó dos dedos indicadores e médio, à esquerda, à direita, acariciando sempre as cavidades das vértebras, suave, porém firme, até os quadris, dali saltou para as duas covinhas, pressionou os polegares ali dentro fazendo círculos, até que os cabelos da nuca dela se eriçaram deliciosamente, até que soluçou outra vez. Então só tem uma coisa que pode ajudar, ele disse, fique de quatro e arqueie as costas como um gato, e agora estique a lombar, a cabeça para baixo, afaste um pouco as pernas, relaxe, relaxe bem, e a bunda para cima, mais alto, assim está bom. E agora respire fundo. Relaxe! Solte o ar! Assim está bom. Opaaa.

É verdade, isso ajuda, disse a senhora Brücker, sorriu e fez um estalo com a dentadura.

Na segunda-feira seguinte, à noitinha, Bremer disse a Lena Brücker: as pessoas na rua estão caminhando mais rá-

pido. Mais rápido? Sim, um pouco, não muito, mas estão caminhando mais rápido. Estranho.
Não, bem simples, ela disse, estamos seguindo em frente outra vez. As pessoas têm uma meta.
E ele notara outra coisa, algumas mulheres e homens estavam na rua, separados uns dos outros, e abordavam os passantes, como fazem prostitutas ou garotos de programa, só que a maioria eram homens velhos e donas de casa quaisquer vestidas em maltrapilhos. No dia seguinte, viu um amputado da perna na esquina com a Grosser Trampgang, o coto direito apoiado no pegador da muleta, vestido com um uniforme horroroso tingido de marrom-esverdeado e que agora parecia um uniforme de guarda florestal desbotado. Talvez o homem tenha sido mesmo transferido para a administração florestal. Serviço interno. De vez em quando, erguia a mão e mostrava três dedos, como se quisesse jogar uma espécie de par ou ímpar ou mostrar o que lhe estava faltando. Mas só lhe faltava uma perna. Queria com isso indicar a quantidade de ferimentos? Bremer buscou o binóculo do piloto de lancha e olhou lá para baixo. Não havia dúvida, o homem estava abordando os passantes. Mas eles não passavam apenas: aceleravam o passo. E então — deve ter sido dois dias depois — Bremer descobriu um homem vestindo um volumoso casaco de inverno, apesar do sol estar quente, pelando mesmo. O homem estava ali de pé no casaco marrom-escuro muito largo e o abria para os transeuntes, brevemente apenas, como um exibicionista. Bremer pensou nas prostitutas francesas em Brest, em 1941, que, no inverno, abriam seus casacos de pele brevemente para ele, como uma cortina, para mostrar as cintas-ligas com renda vermelha, as meias de seda, os sutiãs pre-

tos ou vermelhos. Bremer espiou lá para baixo através do binóculo, para as costas do homem, que era meio careca e que, naquele momento, estava abrindo o casaco e virando-se para uma mulher; ela olhou em sua direção, inclusive lhe fez uma pergunta, então balançou a cabeça e seguiu em frente. Finalmente, o homem se virou, tornou a abrir o casaco. Bremer se assustou, viu carne rosada desnuda e vários mamilos. O homem trazia a metade de um porco presa ao corpo. Mercado clandestino, veio à cabeça de Bremer, e subitamente entendeu também o movimento dos dedos do amputado. Não era par ou ímpar, não estava informando a quantidade de ferimentos, era uma troca, a indicação da quantia de cigarros que se trocava por outras mercadorias.

No fim do dia, Lena Brücker foi recebida por Bremer: um mercado clandestino se formou na frente do prédio. E enquanto ela esquentava a sopa holzingeriana de cevadinha, Bremer se indignava com o fato da ordem e a disciplina estarem desmoronando lá fora. O que tem de tão ruim nisso?, perguntou Lena lá do fogão, em todos esses anos de guerra sempre se negociou por baixo dos panos. Sempre existiu mercado clandestino. Mas não assim de forma tão aberta, tão descarada, à luz do dia. Lá embaixo tem um amputado da perna oferecendo seu emblema prateado de ferido na guerra.

Para Bremer, a Wehrmacht alemã — que já havia capitulado há oito dias sem fazer exigências — estava diante de Berlim, junto com os aliados americanos e britânicos. A ala direita, fortalecida pelos americanos e sob o comando do general Hoth, recém havia alcançado Görlitz, ou seja, o rio Neisse. Caramba, disse Bremer, está acontecendo súper rápido. Os russos estão enfraquecidos, simplesmente chegaram ao fim, disse ele, mas nada disso justifica o mercado clandestino lá embaixo diante da porta do prédio.

Bremer sentou-se à mesa e comeu a sopa de cevadinha que Lena Brücker afinara usando cerefólio picado. Mas comia como se não estivesse gostando. Engolia a sopa a colheradas, com uma avidez uniforme, indiferente mesmo, que a fez lembrar de seu pai careca. A sopa não está boa? Está sim, está sim.

Falta sal? Não, não, disse Bremer. Mas esse duplo "não" soou como se um pouco mais ou um pouco menos de sal não fosse fazer diferença na sopa. Eles vão cruzar o Neisse perto de Görlitz e então vão marchar até Wroclaw.

Foi uma época boa, sendo mais precisa, a melhor, ela disse, e colocou o fio azul do céu sobre o indicador esquerdo: se não houvesse aquelas perguntas entediantes de sempre sobre o avanço das tropas! Nunca dei bola para a guerra, nem para nada que seja militar, não gosto de uniformes, e agora lá em casa havia alguém que engendrava batalhas, e eu precisava citar o tempo todo novos nomes, cidades, você entende?, simplesmente maluco, até pior, fui eu que pus tudo aquilo em movimento. A reconquista do leste, tanta besteira.

Às vezes, eu ficava pensando se não deveria simplesmente deixar o papel do jornal chegar mais cedo, então a guerra acabaria, no entanto também acabaria aquilo entre Bremer e eu.

E a senhora encurtou?

Não. Pior que não.

Isso não foi injusto?

Sabe de uma coisa, só a velhice é injusta. Não. Era bonito. E isso basta. Foi assim bem simples. A gente está um com o outro e sabe que, se a pessoa se levantar e for embora, então só sobrarão os homens de cinquenta, sessenta anos. E esses aí só sonham em ter uma novinha outra vez. É estranho, não é, por muito tempo a velhice é algo que só vale para os outros. E então, um dia, em algum momento por volta dos quarenta, descobre-se ela em si mesma: você tem uma mancha azulada, com finas ramificações como um fogo de artifício azul, um pequeno vaso estourou no lado interno da sua perna. No pescoço, aqui embaixo do queixo, entre os seios, você tem rugas, não muitas, algumas, já de manhã, e percebe em si mesma que está ficando velha. Mas com o Bremer eu tinha esquecido dessas coisas. Sim, ela diz, foi uma época completamente boa, tudo estava meio enviesado, mas isso também era bonito. Até que houve aquela briga.

Exatos dezessete dias após a capitulação, ela chegou em casa, e ele não disse nem mesmo olá, em vez disso perguntou de imediato: você trouxe um jornal?
Não.
Mas como assim? Não é possível. Tem que haver jornais. Pelo menos uma página.
E eu vou saber? E isso lhe escapou de uma forma muito grosseira. Estava cansada, nove horas de trabalho, meia hora para ir e meia hora para voltar a pé, nenhum carro lhe dera carona. E ainda o novo porteiro, um comissário de polícia que fora demitido por ser nazista, quis olhar sua sacola de compras. Dentro estava a panela com a sopa de nabo. Safou-se apenas porque o capitão inglês, que por coincidência também estava saindo da repartição, cumprimentou-a,

disse bye, bye. Foi um susto àquela hora da noite. No caminho de casa, ainda ficou pensando se deveria contar para Bremer que os ianques precisavam do papel porque estavam jogando toneladas de panfletos sobre as posições russas. Simplesmente fazendo comparações: o que nesse dia o soldado americano recebera para comer e o que recebeu o soldado russo. Claro que em alfabeto cirílico. Mas naquela noite ela não estava com vontade nenhuma de enfeitar uma história que então também teria que ser impecável, porque ele faria perguntas e iria querer saber detalhes. Que tipo de panfletos? Por que os ingleses não enviam papel? Finalmente, ele quis saber o que exatamente estava acontecendo, ela deveria lhe providenciar um rádio por um dia. Só por um dia, pegar emprestado de alguém, de alguma amiga. Quando ela disse que não era possível — o que mais poderia dizer? —, ele se enfureceu: pelo jeito, ela não queria. O que quer dizer com: pelo jeito? Você não está a fim. Eu não consigo. Consegue, sim! É só que você não quer! Não! Sim! Por que não? Não tem como! Você não quer! Eu passo sentado aqui. Sim, e daí? Fico olhando que nem bobo para a rua. Limpo a casa. Ando de meias para lá e para cá. Nisso ele já estava gritando. Entende, é a minha vida. Sim, OK, ela disse. Ele hesitou, olhou-a com espanto, um instante. Como essa palavra pode ter passado por sua cabeça? Ele estava com a corda no pescoço, e ela diz OK. Subitamente sentiu pena, o jeito como ele estava ali, com o rosto muito avermelhado, como uma criança birrenta. Na verdade, não se tratava mais da vida dele, já fazia dias que não. E porque sentiu pena, fez exatamente o errado, disse a verdade. Falou: não está tão ruim assim quanto você pensa. Então ele começou a berrar, e toda vez que ela fazia psst, mais alto ele berrava. Os vizinhos. Estou cagando e andando! Como é?! Não estou nem aí para eles. Você anda para lá e para cá, mas lá fora a polícia militar está esperando por mim. Besteira. Você disse "besteira"? Eles me mandam para o paredão! E você simplesmente diz "besteira". Você diz OK. Ele varreu a mesa com o braço. Derrubou tudo, varreu o atlas, os pratos, as xícaras, as facas, garfos, também os copos se estilhaçaram no chão. Correu até a porta, que, como sempre, ela havia chaveado sem pensar, ele quis sair e, como ela tirara a chave — nunca antes havia reparado no seu próprio hábito de retirar a chave, como se o mantivesse preso —, golpeou — fora de si de tanta raiva — com o punho contra a maçaneta, e outra vez, e mais outra, com toda a força. Nesse instante, ela o abraçou por trás, queria acalmá-lo, tranquilizá-lo, mas ele golpeou outra vez, então tentou segurá-lo, ao que ele reagiu dando um golpe para trás, na direção dela, que passou a apertar os braços ainda mais em volta do seu corpo, de tal forma que de repente estavam ali lutando um com o outro, ela o retinha agarrado por trás, ele tentava se libertar, desprender os braços, ambos oscilaram, resfolegaram, gemeram, mas sem dizer uma palavra, suas forças tensionadas ao extremo, ele tentou desvencilhar o braço direito da sua pegada, em vão, ela, que quando garota já conseguia mover um veleiro com um croque, espremeu os braços dele contra o corpo, apertou com toda a força, ele se deixou cair no chão e — como ela não o soltou — levou-a junto, rolou sobre as costas, para o lado, queria se soltar dela empurrando-a, com um impulso conseguiu deitar de barriga, o rosto arranhava no tapete de fibras de coco, porque ele mexia a cabeça para todos os lados, nesse momento sentiu ceder a pressão do braço dele, aquele brusco estiramento, ele deixou a cabeça cair no chão como se quisesse dormir, então ela o soltou, e da boca dele saiu um breve suspiro, um arfar que ia ficando cada vez mais baixo. Ele murmurou um pedido de desculpas. Sentou-se. Ela o ergueu puxando sua mão esquerda, a direita estava sangrando, os nós dos dedos, a pele havia arrebentado e esfolado. Somente agora ele sentia a dor, uma dor lancinante. Colocou a mão debaixo da água fria da torneira para que não inchasse mais. Movimente os dedos, ela disse. Ele movimentou os dedos, doía, mas conseguia movimentá-los. Então não quebrou nada, ela disse.

Por um instante, lutou consigo mesma, talvez devesse confessar para ele que omitira, não, que mentira, mas agora não podia mais dizer, agora era tarde demais. Havia sido um jogo. Agora ficou sério, perigosamente sério. Agora vai parecer para ele que é uma mentira absurdamente desprezível, como se tivesse sido sua intenção traí-lo, tratá-lo como um animal de estimação, divertir-se às suas custas e, por fim, o tivesse deixado fora de si. E não fizera isso também? Se ao menos tivesse deixado que ele lhe torcesse o braço ou lhe batesse, ela não pensou nisso nem um pouco, ao contrário, apenas segurou-o bem firme, usou toda sua força, mais precisamente falando, se defendeu. Se agora estivesse sentada diante dele com um olho inchado, com manchas roxas no braço, isso teria tornado tudo mais fácil, ela poderia dizer, eu só quis ter você aqui por mais tempo. No entanto, ali estava ele sentado, com a mão direita enfaixada, desculpando-se por ter perdido a cabeça.

Estavam deitados sobre os colchões na cozinha. Deixe essa mão quieta, ela disse. Acariciou-o. Ele tinha engordado. Ela percebeu quando lutaram. Ocorreu-lhe a palavra "maciço". Ele estava deitado ali, tensionado, ela sentia essa tensão sob a pele dele, uma tensão vigilante. Seu membro estava pequeno, jazia quente na mão dela. Só relaxou quando ela deixou a mão repousar suave sobre o seu sexo. Era a primeira vez, desde que ele buscara refúgio com ela, que não dormiram um com o outro. Lá fora os pássaros piavam. Ela não dormiu, ele não dormiu, mas ambos fingiram que dormiam.

No dia seguinte, ela lhe providenciou uma pomada dos estoques velhos da Wehrmacht. Ele estava com a mão em uma tipoia. E ela ainda tinha outra pomada de um tipo bem diferente, disse que estava em preparação uma anistia para desertores. A ocasião ainda será informada. Quem se apresentar voluntariamente poderá sair sem punição. Aquilo foi uma alegria, ele saiu totalmente da casinha, agarrou-a, cuidado, ela disse, pense na sua mão, rodopiou com ela pela cozinha: supimpa!

E então ela pôs sobre a mesa algo que só pôde arranjar através dos seus quase três anos de experiência organizacional, através de persuasões, ameaças, promessas, de uma mão lava a outra: quatro ovos, um quilo de batata, um litro de leite, cento e vinte e cinco gramas de manteiga e, o mais precioso: meia noz-moscada, que ela trocara por quinhentos guardanapos de papel, altamente desejados para servirem como um macio papel higiênico. Colocou as batatas no fogo, buscou no armário o esmagador de batatas que há mais de um ano não usava. Pensou, depois dessa luta desagradável, para ele humilhante, era o único jeito de demonstrar o quanto gostava de Bremer, o quanto lamentava por tudo, e acreditou que com isso, a comida predileta dele, poderia combater também essa nebulosidade que iniciava, aquele devorar apático que há três, quatro dias observava nele, aquilo de ficar deitado exaurido, olhando para o alto, quando não se estava falando sobre as mais recentes investidas dos tanques.

Mas é claro, disse a senhora Brücker, ele não aguentava mais ficar dentro de casa. O que mais podia fazer?, limpar a cozinha, resolver palavras-cruzadas, olhar pela janela.

Mas agora estava bem-disposto. Uma anistia geral. Caramba, disse ele, é de tirar o chapéu. Finalmente. E nesse dia quis cozinhar para Bremer algo bem especial, algo robusto. Ovos de montão. Ele estava precisando, ela disse, afinal também teve que fazer muito esforço. Riu, soltou o fio azul, pegou o verde e passou-o com cuidado sobre o dedo.

Como a senhora diferencia os fios?, eu quis saber. Pela ordem. Tem que decorar. É só trabalhar com a cuca. Assim se mantém a cabeça jovem.

Bremer arrumou a mesa, colocou os guardanapos, pôs uma vela de Hindenburg. Era para ele se sentar. Ela serviu seu prato com duas porções do purê recém-amassado — bem mexido e sem bolotas —, cuidadosamente empurrou os quatro ovos fritos, pingou por cima a manteiga derretida e foi sentar-se do outro lado da mesa. Havia deixado apenas um pouco de purê de batata para si mesma, disse: não gosto muito de ovos, o que era uma mentira deslavada, e observou-o levando à boca a primeira garfada, purê de batata com a preciosa manteiga derretida, ele sentiu o gosto, e uma reflexão, uma ponderação passou rapidamente sobre o seu rosto. E essa agora!, pensou ela, fiz alguma coisa errada? Falta sal?, perguntou. Não. Falta alguma coisa?, perguntou, porque viu que ele comparava o sabor com o que lembrava da sua infância.

Na verdade, ele tentava sentir algum sabor que fosse. Foi nesse momento que teve certeza de que havia perdido o paladar. Não aconteceu da noite para o dia, precisou de dois, três dias para perceber, é o tempo que dura a lembrança de um sabor. Só depois essa lembrança se perdeu, lentamente, mas podia ser, como ele disse para si mesmo na época, apenas uma alucinação. Agora, porém, o purê de batata com a manteiga derretida estava sobre a sua língua, e ele possuía uma ideia muito precisa do gosto que deveria ter — e não sentia gosto de nada, absolutamente nada. Naturalmente não disse nada, entusiasmou-se com o purê, entusiasmou-se com os ovos fritos, em cujas gemas amarelas a manteiga quente formara pequenas ilhas amarronzadas rodeadas por um anel branco de clara. Só que ele não mencionou o sabor da noz-moscada, e isso surpreendeu Lena. Aquilo, sobretudo, deveria ter lhe chamado a atenção. Deveria ser totalmente inusitado para ele. Onde havia noz-moscada ainda, após mais de cinco anos de guerra? E então?, perguntou, está sentindo gosto de quê? Um tempero? Ao que respondeu esquivando-se: simplesmente supimpa.

Era uma sensação peculiar na língua e no céu da boca, algo felpudo, embotado, como se sua língua tivesse adormecido. Ele podia tatear com a língua, passava a ponta ao longo dos incisivos, sentia ali o que sempre sentiu, algo liso, algo com ranhuras, apenas não sentia nada com o paladar, sim, um nada. O que foi?, ela perguntou?

Nada, mas o "nada" dito assim, com uma busca pensativa, não, com um espanto, uma interrogação perplexa ao redor da boca, permitiu que ela perguntasse outra vez: você não está sentindo o gosto? Foram pelo menos quinhentos guardanapos de papel.

Ele balançou a cabeça negativamente. Não sinto gosto de nada.

Nada mesmo?

Não. Faz três ou quatro dias. Nada mais. Encarou o prato, que esvaziara sem parar, estava sentado ali como um miserável.

Deitaram-se na ilha de colchões um ao lado do outro. Ela acariciava o umbigo dele, retirava alguns fios que haviam se acumulado ali dentro, da roupa. A mão, disse ele, está doendo pra caramba. Não posso me apoiar. Ah, ela pensou, quantas possibilidades haviam experimentado sem que precisasse apoiar as mãos, mas disse: está tudo bem. Já é bonito assim, simplesmente ficar deitados juntos.

O que se pode fazer, perguntou ela para Holzinger, quando alguém de uma hora para outra não consegue mais sentir direito o gosto das coisas?

Holzinger disse: acontece a toda hora, uma espécie de entupimento das papilas gustativas. Têm que abrir de novo. Quem é afinal?, perguntou, com olhar cansado. É claro que pensou logo em um dos diretores para quem cozinhava. Seria a arte culinária mais elevada, essa de poder amputar o paladar de sujeitos repugnantes e desprezíveis.

Um conhecido.

Ele está sofrendo de perda de apetite?

Não, nem um pouco.

Então perdeu o paladar por ser guloso.

Veja se me escuta, Lena Brücker se irritou, mas então voltou a se acalmar, passou de um tom agressivo para uma pergunta apreensiva e urgente. Como acontece isso?

Desequilíbrio interno, disse Holzinger, que, apesar de

ser de Viena, nunca tinha lido Freud. Um temperamento taciturno que vem do coração.

E o que se pode fazer?

Manjericão. Não temos. Melhor ainda é gengibre, um tempero contra a melancolia. Esse então, aí é que não temos. Ou coentro.

Ah, a currywurst, perguntei, não é?

A senhora Brücker parou de tricotar, olhou para mim e disse, com aspereza: se já sabe, então conte você.

O capitão Friedländer, eu disse.

O que tem ele?

A senhora perguntou ao capitão Friedländer se ele tinha curry.

Não, só acontece assim tão fácil em romances. Se tivesse sido como pensa, você nunca teria comido uma currywurst. Se Friedländer tivesse curry, eu teria feito no máximo arroz com curry. Mas nunca uma salsicha. Não havia salsichas. Além disso, os ingleses também não tinham curry naquela época. O aprovisionamento estava apenas começando, lentamente. E Friedländer dizia: curry é uma coisa horrorosa. Uma espécie de Maggi indiano. Almôndegas com molho branco e alcaparras, disso ele gostava.

Viu só, ela disse contando os pontos. Fiquei aguardando. Você estava em uma pista bem falsa. Precisa ter um pouquinho mais de paciência.

Bremer tinha muito tempo livre. Pôs uma cadeira junto à janela, um travesseiro grosso por cima para que pudesse sentar um pouco mais alto, porém parcialmente encoberto pela cortina fina. No parapeito, colocara um pote de sal, enfiou o dedo ali dentro e lambeu. Não sentia gosto de nada.

Não sentia cheiro de nada. Apenas as glândulas salivares foram ativadas. Lá embaixo, um mutilado pela guerra passou mancando sobre duas muletas. Como é possível, pensou, que se perca o paladar como se perde uma perna? Tentou se consolar com o fato de que o paladar voltaria, como quando era garoto e teve vermes, não podia sentir o cheiro de mais nada, mas então, depois do vermicida, o olfato voltou. Do céu, podia-se ouvir o zunido veloz de um caça. Talvez agora empreguem as armas milagrosas contra os russos. Talvez o avião-robô. Ele nunca havia acreditado nisso, até ver uma vez o Me 163, o ovo voador, o primeiro avião-foguete do mundo, uma pequena máquina arredondada, com asinhas de inseto, que voou até lá em cima deixando um rastro da propulsão, atravessou um agrupamento de aviões bombardeiros e então mergulhou lá do alto, derrubou uma, duas, sim, três dessas Fortalezas Voadoras, então planou em voo livre até o chão, aterrissou com dificuldade e explodiu. Se alguém conseguisse evitar a explosão no fim, então essa era a arma milagrosa, pensou ele naquela ocasião. Pôs um pouco de sal na ponta dos dedos. Tinha a esperança de que o paladar pudesse reaparecer assim de repente, da mesma forma que havia desaparecido. Lambeu. Nada. Talvez, pensou, esse seja o preço por eu ter fugido, por ter desertado, por ter sido, não, por ser covarde. Curiosamente, só agora começou a pensar na sua deserção, só agora que não sentia o gosto de mais nada. Talvez a gente perca algo para sempre mesmo, quando se entrega ou quando foge, deixa os outros na mão, talvez se quebre algo invisível, porém sólido, dentro da gente, pensou. Sobre certas coisas não posso mais falar, me esquivarei de certas perguntas no futuro, caso não me peguem, pois, mesmo que tenham dissolvido a SS, os

policiais militares ingleses e alemães agora farão patrulhas.
Fumou um dos preciosos cigarros ingleses e não sentiu gosto de nada. Sua língua havia adormecido. Talvez, pensou, isso venha de fumar, você fuma demais, mas então aninhou-se subitamente o pensamento de que não era por fumar, mas sim porque você está se deixando esconder aqui por uma mulher. Você é um cafajeste, pensou.

Aquele café de abelota podia matar o nervo do paladar, curti-lo, vamos dizer assim, como minha mãe afirmava?, perguntei à senhora Brücker.
Bobagem, pura bobagem. Um boato que foi posto em circulação pela concorrência naquela época. Meu café de abelota era especialmente bom. O aroma era bom, pois eu, além do substituto de café e de uma pitada de sal, sempre moía e colocava junto alguns grãos de café de verdade.
Não, ela disse, ele simplesmente não aguentava mais ficar dentro de casa. Precisava suportar mais de nove horas sozinho no apartamento. A manhã era preenchida com afazeres domésticos, mas a tarde se arrastava, mesmo que lá embaixo houvesse mais coisas para ver do que antes, pois não eram só algumas mulheres, cinzentas como o inverno, carregando baldes — o que agora já não precisavam mais fazer, pois as estações de abastecimento de água voltaram a funcionar —; em vez disso, havia lá embaixo sujeitos bem diferentes, mulheres em tailleurs elegantes, que vinham lá de Eppendorf e Harvestehude para trocar peças de prata da família aqui na Brüderstrasse. O porto ficava mesmo próximo, e muitos moradores do bairro trabalhavam lá, onde, durante o carregamento, sempre acontecia de quebrarem caixas, cigarros subitamente jaziam na área de estivagem,

grãos de café escorriam de sacos, bananas se desprendiam e caíam. Contrabandistas estavam de pé lá embaixo nas entradas dos prédios, ofereciam salsichas e grandes pedaços de toucinho. Através do binóculo, Bremer viu um prendedor de gravata prateado na mão de um homem. A mão guardou-o no bolso do casaco e tirou dali três salsichas de carne crua, que uma outra mão masculina pegou. E então aquele burburinho. Nos primeiros dias, mal dava para ouvir, somente quando abria cautelosamente a janela. E quando a abria, ficava aberta até o fim da tarde. Parecia mais um sussurrar, um sussurrar que aumentava dia após dia com a quantidade de pessoas, um burburinho ininteligível, que tornava audível aquilo que os economistas chamam de oferta e demanda. Uma tarde, Bremer estava sentado na cozinha — que pela manhã varrera, depois passara o pano, raspara os cantos com uma faca e então tratara o chão com uma escova —, resolvendo uma cruzadinha. Povo germano com cinco letras: suevos? Feiticeira grega. Cinco letras. Primeira letra um C. Não sabia. Subitamente calou-se o burburinho vindo lá de baixo. Barulho de motores. Correu até a janela. Lá embaixo passava um jipe bem devagar. No jipe, estavam sentados dois policiais militares ingleses e dois policiais alemães, as barretinas sobre as cabeças. Os contrabandistas haviam sumido ou estavam próximos uns dos outros conversando, assim de propósito, e olhavam para o céu. Todos eles, que haviam se reunido tão por acaso, escolheram a palavra-chave "tempo" e olhavam para cima, na direção dele, que automaticamente recuou um passo.

No fim do dia, ele contou a ela sobre aquele jipe. Policiais militares ingleses junto com policiais alemães. Aquilo, imagino eu, acabou com todas as suas dúvidas, disse a senhora Brücker. Os ingleses estavam se deixando instruir no início pela polícia alemã. Precisam mesmo conhecer a cidade.

Ela seguiu o conselho de Holzinger, fez batatas assadas, com cominho e muita pimenta-preta, que Holzinger lhe dera de sua própria reserva de emergência. Pôs o prato sobre a mesa da cozinha e observou como Bremer devorava as batatas. Seus olhos lacrimejaram, e o nariz começou a escorrer. Teve que assoar várias vezes. Está sentindo gosto de alguma coisa? Apenas balançou negativamente a cabeça e abriu o cós da calça.

Ele tinha engordado, e bastante. A falta de movimento, mas também o talento organizacional de Lena Brücker, eram os motivos para alguém poder engordar, enquanto, nessa época, todos os outros perdiam peso. Organizar mantimentos não ficou mais fácil depois da capitulação. Os ingleses continuaram com os cupons, assim como haviam continuado com a repartição de alimentos, incluindo o Dr. Fröhlich. Mas surgiram atritos entre os produtores, os fazendeiros e as autoridades. E mesmo entre as autoridades houve brigas pela distribuição; extravio, contrabando e roubo aumentaram. Não somente porque quem acumulava e escondia não precisava mais contar com a possibilidade de ir parar em um presídio, ou até mesmo na guilhotina, mas sim porque a nova administração estava tomada pelo inimigo. Há poucos dias, ainda eram combatidos. A pérfida Álbion, o tommy, governado por plutocratas. Nesse momento, todo meio de passar a perna no inimigo era legítimo; nesse momento, não era o compatriota que estava sendo empulhado, mas sim o adversário.

Ela havia decidido contar a verdade para Bremer nessa noite. Holzinger contara sobre sua filha, que mal podia esperar para finalmente voltar a frequentar a escola — ainda estava fechada. Lena Brücker pensou na foto que mostrava Bremer com a mulher e o bebê. Enquanto combinava com Holzinger o cardápio do dia seguinte, refletiu sobre como deveria começar a conversa com Bremer. Ainda havia algumas sacas de cinquenta quilos de cevadinha. Mas Holzinger precisava de extrato de carne para dar ao menos um pouco de sabor à sopa. O que você tem afinal?, perguntou Holzinger. Olááá. E moveu a mão na frente dos seus olhos, como se faz com uma criança que sonha acordada. Você tem que tentar conseguir extrato de carne. Pergunte ao capitão Friedländer. Jogue um charme para cima dele. Preciso confessar uma coisa. Confessar? Não, isso só se diz em filmes. Quero lhe dizer uma coisa. Preciso esclarecer uma coisa. Como assim?, disse Holzinger, ainda temos cebola. Carne seria bom, naturalmente. A guerra acabou há dias. Há dias? Sim, precisamente há três semanas, aqui em Hamburgo. Eu sei, disse Holzinger. Dizer o que deve ser dito. Não, melhor: preciso dizer que omiti uma coisa. Mas dizer isso era tão difícil, porque faltavam as palavras corretas. Como poderia fixar aquilo, que havia sido tão intricado, complexo, que tivera motivos tão variados, contraditórios até, em apenas uma palavra trivial: omiti, ou seja, menti. Quase, disse a senhora Brücker, como se eu o tivesse traído, o que nesse caso eu não tinha feito; bem, talvez de uma outra forma. Que confusão. Me diga, perguntou Holzinger, por acaso você está prestando atenção? Não preciso de nenhuma confusão, mas sim de extrato de carne. Carne? Por que não? Seria maravilhoso, naturalmente. Mas você não vai querer tirar das suas próprias costelas, estou certo? O que deu em você?

Na cantina, os dois oficiais ingleses estavam sentados junto a uma mesa posta em separado, coberta com uma toalha branca, com um jornalista sueco que queria escrever sobre a situação de abastecimento da Alemanha ocupada. Quando Lena estava servindo o guisado irlandês — preparado por um cozinheiro da Inglaterra, mas com um gosto consideravelmente pior que o da sopa de extrato de carne do Holzinger — com a concha sobre o prato, manchou o uniforme do capitão Friedländer.

Me desculpe. Estou bem atrapalhada hoje.

Não foi nada, disse ele.

Ela correu até a cozinha, voltou com um pano úmido e começou a esfregar o uniforme. Já está bom, disse ele, porque estava constrangido diante de todas as pessoas. Mais tarde lhe passou disfarçadamente uma pequena carteira de cigarro. A senhora está preocupada. Se eu puder ajudá-la. E lhe lançou um olhar que era proibido, eles não tinham permissão, como já sabemos, para confraternizar. Talvez, disse a senhora Brücker, se não tivesse havido o Bremer naquele momento, talvez então eu estivesse hoje na Inglaterra, em algum daqueles asilos com heras nos muros.

Ela iria, disse para si mesma no caminho para casa, abrir a porta e dizer: você pode ir, se quiser. A guerra acabou. Eu a prolonguei um pouco mais para nós — para você, mas principalmente para mim. Por motivos bem pessoais, egoístas, há que se admitir. Eu só queria ter você aqui mais um pouco. Essa é a verdade. Seria possível dizer: você não poderia ver sua mulher e seu bebê antes, de qualquer forma. Aliás, algo que me interessa, que eu já queria perguntar faz bastante tempo: é uma menina ou um menino? Então ele também diria qualquer coisa, era o que ela esperava. O pior seria se saísse do apartamento sem dizer nada. Talvez ele dissesse: por que você mentiu para mim desse jeito? Ou traiu? A palavra corresponde mesmo com aquilo que aconteceu: ela havia circulado lá fora em um mundo muito diferente daquele que Bremer imaginava. Talvez ele dissesse: não se deve prolongar a guerra, isso é indecente e imoral. Havia desertado, e ela o ajudou com isso. Impediu que matasse outros, que possivelmente morresse. Mas isso ela não diria desse jeito. Tanto faz. Ele só precisava dizer alguma coisa, então ela também poderia responder alguma coisa, aí poderiam conversar: sobre essa época, esses anos em que estivera sozinha, sobre a esposa dele, sobre a filha ou filho. De qualquer forma, queria lhe dizer aquilo que durante o longo caminho de casa formulara: que mesmo em épocas sombrias há instantes de claridade e que quanto mais sombria for a época, com mais claridade esses instantes brilham.

E então ela abriu a porta do apartamento.

E ele não perguntou por jornais ou por válvulas de rádio, também não perguntou sobre a localização das tropas alemãs, em vez disso falou: feliz aniversário, e conduziu-a até a mesa da cozinha, onde, cuidadosamente recortadas de um papel vermelho de revista e dobradas da maneira mais complexa, estavam três flores de papel. Maravilhosos substitutos de rosas.

Como você sabia?

Sua data de nascimento está escrita no cupom do carvão.

A janela estava aberta, podia-se ouvir o burburinho dos contrabandistas lá embaixo, estava tudo tão em paz que ela quase teria dito: agora é paz, de verdade. Não precisa mais ter medo. Mas então disse para si mesma que não queria, naquele momento, arruinar nem a alegria dele nem a sua própria. Além disso, uma vez que a verdade viesse à tona, ela teria muito tempo para refletir, e pensou, vou organizar bem meus próximos dias. Por ele, vou deixar que o papel chegue dois dias antes, ou seja, daqui a três dias, e vou me conceder esse tempo. Assim os dois somos presenteados. E aquilo que ela se propunha, tão bem conhecia a si mesma após quarenta anos, colocava mesmo em prática.

VI

Mas então, no dia seguinte, Lena Brücker viu as fotos. Saíram no jornal. Fotos que fizeram Lena Brücker perder a fome, apesar de não ter comido nada de manhã; fotos que a fizeram ir para casa como que entorpecida; fotos que lhe fizeram questionar o que em todos esses anos ela havia pensado e visto, ou, mais precisamente, no que não havia pensado e o que não quisera ver. Eram fotos que, naquele momento, assim como ela, muitos, a maioria, sendo mais exato, todos os alemães estavam vendo. Fotos dos campos de concentração libertados pelos Aliados. Dachau, Buchenwald, Bergen-Belsen. Vagões repletos de cadáveres, esqueletos cobertos apenas com pele. Uma foto mostrava a equipe de guardas que havia sido presa, homens e mulheres da SS, carregando os vagões com esses esqueletos. Alguns homens da SS haviam dobrado as mangas para esse trabalho. Pegavam pesado no batente. Prisioneiros que haviam sobrevivido estavam sentados, não, estirados apáticos ali, moribundos, em trajes listrados.

Quando chegou em casa, Bremer perguntou, você está bem? E ela contou aquilo que, conforme inventou, ouviu na cidade, aquilo, porém, que para ela, enquanto falava, soava como uma mentira, uma mentira suja, com a qual estava se sujando ao dizer que ouviu: havia campos de concentração nos quais seres humanos teriam sido assassinados, sistematicamente aliás, dezenas de milhares, centenas de milhares, alguns diziam milhões.

Boatos, disse Bremer.

Ela não podia dizer, vi com meus próprios olhos. Vi fotos no jornal. Hoje, pela primeira vez, o capitão não falou comigo, não me cumprimentou, não me olhou, não me ofereceu cigarros. Eu havia arrumado a mesa especialmente para ele, pusera inclusive narcisos amarelos. Mas o capitão não disse nada, nada, apenas balançou a cabeça e desapareceu no seu escritório, fechou a porta atrás de si, que do contrário sempre deixava aberta.

Seres humanos, judeus, disse ela para Bremer, e fez um esforço para manter a calma, teriam sido mortos com gás e então incinerados. Coisas inimagináveis aconteceram. Teriam existido fábricas da morte.

Histórias da carochinha, disse Bremer, tudo bobagem. Propaganda do inimigo. Quem tem interesse em espalhar esses boatos? Os russos. E então disse algo que fez Lena Brücker sair de si. Ela parara de tricotar, o material de tricô no colo, olhou um pouco por cima de mim, balançou a cabeça: já levantaram o cerco em Wroclaw?, foi o que ele perguntou.

Nisso — foi a primeira, a única vez —, ela gritou com ele: não. A cidade está uma merda só! Há muito tempo. Tudo no chão. Entendeu? Nada. O governador Hanke fugiu. Em um avião, um Fieseler Storch. Um grande canalha, assim como esse Dr. Fröhlich é um pequeno canalha. Todos canalhas. Todos em uniforme são uns canalhas. Você e seu jogo de guerra estúpido. A guerra acabou. Entendeu? Há bastante tempo. Acabou. De verdade. Já era. Perdemos totalmente a guerra. Graças a Deus.

Ele ficou ali de pé, como posso dizer, olhando para mim, não assustado, nem mesmo incrédulo, não, aturdido. Então peguei minha capa de chuva e saí. Caminhei através das ruas destruídas pelas bombas, bastante tempo, posso refletir melhor quando caminho. Aquela havia sido uma cidade bonita, e agora jazia em ruínas, escombros e cinzas, e pensei: é como tinha que ser, e então pensei: talvez isso com os judeus seja mesmo propaganda do inimigo. Talvez não esteja assim tão correto. Fotos também podem ser manipuladas. Não, não desse jeito. Eram pilhas cheias de cadáveres, fossas cheias de cadáveres, corpos descarnados e com os membros deslocados, jaziam de forma confusa, pés ao lado de cabeças, cabeças quase sem pelos, órbitas, crânios. A gente não quer acreditar. Mas então pensei nos judeus que eu conhecia. Haviam desaparecido. Alguns antes da guerra, outros — a maioria velhos — durante a guerra. Pensei na senhora Levinson. Foi em uma manhã de 1942. Grossneumarkt. Lá estava localizada a Fundação Joseph--Herz-Levy, uma instituição para judeus necessitados.

Lena Brücker estava a caminho da repartição de alimentos, quando viu dois caminhões militares parados diante da fundação. Os velhos estavam de pé em uma fila, com bolsas e pequenas malinhas de papelão, e eram empurrados para os caminhões. Ela descobriu a senhora Levinson, a viúva do Levinson, dono de um armarinho. Enquanto embarcava no veículo, puxada para cima por duas mãos enluvadas, um homem da SS pegou sua mala. A senhora Levinson acenou para ela, já de pé no caminhão, do jeito que se acena quando se está partindo, porém disfarçadamente. A senhora Levinson estava com setenta e seis anos naquela época e vestia seu pequeno chapéu preto de veludo, com o qual sempre era vista. Lena Brücker acenou de volta, disfarçadamente, tão disfarçadamente que depois, no caminho para o trabalho, sentiu vergonha. E é claro que se perguntou aonde aquelas pessoas estavam indo. E todos suspeitavam: para algum lugar no leste, em campos de concentração. Lá, desapareciam. O leste era longe. Espaço vital, era assim que chamavam o território de expansão para o leste. Havia um ferroviário, um foguista chamado Lengsfeld, que antigamente trabalhava em rebocadores do Elba. Morou na Brüderstrasse e, no começo da guerra, foi obrigado a trabalhar na companhia de trens do Reich. Lena Brücker encontrou-o certa vez na rua, e ele lhe contou que havia trens de carga transportando pessoas diariamente para o leste. Não se ouvia nenhum barulho vindo dos trens. Às vezes, quando paravam em alguma estação de carga, era possível ver mãos saindo pelas janelas de ventilação dos vagões para gado. As mãos imploravam por pão e água. E então. Então o quê? E então, sempre havia calçados e dentaduras pelo chão nesses trechos de ferrovia. Dentaduras? Sim. Mas como? Não faço ideia, disse o foguista. Durante a viagem, eles atiram suas dentaduras para fora dos vagões. Mas por quê? Não faço ideia, disse o foguista.

Parara de chover, e ela foi para casa. Queria conversar com Bremer. Queria tentar lhe explicar tudo.
Abriu a porta do apartamento. Ele não estava de pé no

corredor, não estava sentado junto à mesa da cozinha de rosto emburrado, não estava furioso na sala, nem no quarto. Ela correu até a câmara. Vazia. No roupeiro, faltava o terno cinza do seu marido. Em compensação, lá estava pendurado, cuidadosamente escovado, o uniforme dele, com aquele jocoso emblema de cavaleiro. Procurou por um bilhete, uma carta, uma notícia. Nada.

Estranhamente, o que lhe deixava aflita não era Bremer ter ido embora, mas sim não poder mais conversar com ele sobre o porquê de ter omitido a capitulação. Sobretudo, queria ter dito que, ao omitir, não lhe prejudicara. Ele não poderia ter partido muito antes que isso, até mesmo agora era possível que ainda o capturassem, poderia parar na cadeia, pois precisaria apresentar seus documentos de dispensa durante algum controle da polícia militar. Mas havia dispensado a si mesmo. Por outro lado, ele não chamaria a atenção no terno cinza. Os nazistas do alto escalão disfarçavam-se de trabalhadores rurais ou vestiam uniformes do baixo escalão. E, pensou, agora não terá mais por que devolver o terno. Pelo menos isso, disse ela, causava um alívio naquele momento. Ele não pegara o terno emprestado, fizera uma troca. E a ela não interessava a história que contaria à esposa. Pois essa história — dele, dela — ele não poderia contar para ninguém, não era nenhuma dessas histórias de guerra, que ficavam conhecidas e eram repetidas em todo lugar. Não era uma história para contar em mesa de bar.

É uma história que só eu posso contar. Afinal, nela não há heróis.

Ela caminhou através da cozinha, enxergou os tocos de cigarro que Bremer despejara na lixeira. Ele havia lavado e guardado a louça. A pia estava limpa. E, no corredor, dobrada no canto, jazia a lona militar, sob a qual havia ido para casa com ele através da chuva.

Sentou-se junto à mesa da cozinha e chorou.

Acho, ela disse, que agora o sol deve estar surgindo devagar.

Ergueu a parte do pulôver na minha direção.

Sim.

Devo tricotar mais uma nuvem branca, uma nuvem assim bem redondinha?

Ficaria bonito.

Vamos ver. Ponha água para esquentar.

Liguei o ebulidor na pequena cozinha conjugada. Ela mesma queria fazer o café, não abria mão disso. Após o líquido ter escorrido através do filtro, colocou mais um pouco de água. Escutou as últimas gotas pingando cada vez mais devagar. Nunca conversava enquanto fazia isso. Ficava lá de pé, mergulhada em si mesma, os olhos direcionados para o plástico da parede imitando azulejo.

Servi o pedaço de torta em um prato. Ela andou até a mesa. Grãos de verdade, disse. Portanto, não fique com medo de curtir a língua ou algo do tipo.

O que aconteceu com Bremer afinal?, apressei-a.

Não faço ideia, disse.

Achei que a currywurst tinha a ver com Bremer.

Tem a ver também. Mas não assim diretamente. Foi um acaso. Eu tropecei. Nada mais. Apesar de que, quanto mais se envelhece, menos se acredita em acasos. Com cuidado, trouxe o bule até a mesa, tateou primeiro atrás da minha xícara, depois da sua, e serviu. Outra vez fiquei surpreso por ela conseguir encher as duas na mesma medida.

Então, primeiro voltaram os homens que estiveram na cadeia. Em janeiro de 1946, o Fröhlich, o Dr. Resistência, saiu do campo de detenção. Durante a desnazificação, foi classificado como mero correligionário. Quem com ferro fere mostra-se assim um bom ferreiro. Deixou de ser chefe da repartição, mas em compensação virou diretor de pessoal. Entende?

E então, certo dia, em março de 1946, a campainha toca, e lá fora está ele.

Bremer?

Não, meu marido.

Eu não precisava disfarçar nada, não precisava disfarçar que me reclinava no encosto da cadeira, meu balançar com a cabeça, poderia até ter girado os olhos teatralmente em direção ao teto ou levado a mão à testa. E mesmo assim parecia que ela percebera algo, talvez eu tenha suspirado um pouco sem controle. Afinal, sua audição era apurada ao extremo. Meu marido, disse ela, também faz parte dessa história.

Mesmo?

Sim.

Mas preciso voltar para Munique depois de amanhã. Meus filhos estão reclamando, minha esposa também. E com razão. Eu pretendia passar somente uma semana em Hamburgo, e já é minha segunda semana aqui.

Não dá para adiar a viagem de volta em um, dois dias?

Impossível.

Pena, ela disse, pena mesmo, precisamos encurtar essa história com o Gary. É especialmente interessante. Pois Gary é o inventor do baile Paradox. A ideia foi roubada mais tarde pela senhora Keese. Esse café dançante, no qual as mulheres é que tiram os homens. E os homens não podem dizer não.

Costumo vir para Hamburgo de vez em quando, então a senhora pode me contar essa história.

Mas então ela se calou obstinada, separou com o garfo pequenas fatias da torta de cereja e pão de ló. Seus movimentos eram lentos por exigência da idade, mas ainda assim precisos, e, por serem assim tão lentos, não deu para perceber o quão eficazmente o primeiro pedaço de torta desapareceu. Então, como tira-gosto, pôs na boca um pedacinho de gouda envelhecido, chupou-o como se fosse uma bala. Empurrei o segundo pedaço de torta para seu prato. Supimpa, ela disse, e comeu.

Esperei pacientemente em silêncio.

Lá fora, rajadas de vento pressionavam a chuva contra a janela.

Então Gary, o marido da senhora, estava de volta, eu disse, tentando, com um tom que fingia uma curiosidade ansiosa, fazer com que voltasse a falar. De onde afinal?

Da prisão russa. A sua aparência era magnífica, ao contrário dos outros que retornavam para casa vindos da Rússia. Recebera porções extras de ração, porque podia tocar no pente as canções folclóricas russas. As equipes de guardas devem ter se lavado em lágrimas.

Pois então, Gary entra. Jürgen, o meu filho, está sentado na cozinha. Fora solto rapidamente pelos ianques. Afinal, ainda era uma criança, com dezesseis anos. Ainda não havia vagas para aprendizes. Jürgen trabalhava em uma esteira, separando dos escombros tijolos inteiros ou pela metade. Sempre foi um garoto dedicado. Olá, disse Gary. Jürgen está sentado junto à mesa da cozinha como que petrificado. Vem um homem e diz: sou seu pai. A última vez que o vira, Jürgen tinha dez anos. Gary tenta me abraçar. Espera aí, eu disse, mandei o garoto sair da cozinha, então: o que você quer aqui?

Para com isso! Quero cuidar das crianças.

Há, há, foi a única coisa que eu disse.

Então andou até o roupeiro. Tirou dali seu terno azul. Cadê o cinza?

Envolvi em uma troca.

Ela disse isso em um tom bastante atrevido e lhe mostrou o uniforme da marinha. Ele olhou para o casaco. Olhou para ela. E ela viu em seu rosto como lutava consigo mesmo, como refletia sobre o que deveria fazer, pois aquilo que dissesse era mesmo decisivo para tudo o que se seguiria, deveria ter um acesso de fúria, deveria dizer o que provavelmente muitos naquela época diriam e inclusive disseram: enquanto eu era obrigado a me sacrificar, você se deitava e se divertia com outro. Mas deve ter se dado conta de que justamente ele não podia dizer isso. Ela teria dito apenas: onde afinal você se enfiou esse tempo todo? E se sacrificar, não me faça rir.

Eu não estava nem um pouco agitada naquele momento, disse a senhora Brücker, cuidadosamente pegando o material de tricô da mesa.

Ele encostou os dedos na placa de Narvik, depois no emblema de cavaleiro. Queria dizer algo, fazer alguma piada estúpida. Pensei, se fizer isso, vou expulsá-lo na hora.

Ele a olhou e percebeu que seu lábio inferior estava bastante estreito, e que ela o encarava fixamente, o analisava, com um olhar: vá, diga logo, então você vai ver só.

Bem, ele disse, estamos quites.

Essa é boa, para ficarmos quites ainda faltam uns doze anos e pelo menos cem homens. Ela engoliu aquilo, não falou nada.

Um mês depois, o chefe da cantina retornou da prisão. Dr. Fröhlich mandou chamar Lena Brücker. Fröhlich estava sentado atrás da sua escrivaninha, disse apenas: a senhora já sabe que agora é desnecessária.

Posso então ao menos trabalhar como garçonete?

Fröhlich disse com um meio sorriso: já temos mãos suficientes para tirar a carroça da lama.

Lena Brücker foi para casa, onde a partir daquele momento passou a cozinhar, limpar e a se lembrar de Bremer, que estivera ali limpando e lavando, e a toda hora — como ela agora — havia ido até a janela, olhara lá para baixo. Ao contrário dele, podia descer a qualquer momento, e mesmo assim se sentia trancafiada. Havia dirigido uma cantina, estivera com outras pessoas, foi uma época boa: telefonar e organizar. O pessoal do mercado de peixe dizia: olá, senhora Brücker, hoje temos quatro caixas de hadoque, o homem do açougue que vendia carne de animais mortos por acidente: hoje não tem nada, tive que atender a cantina da sede da polícia, mas amanhã é a vez da senhora de novo, e como vão as coisas aí? O homem da cooperativa de compras Vierlande lhe telefonava: hoje tenho um carregamento de salada murcha, o que é bom para os machões de escritório aí de vocês. Então ele ria maldosamente. Agora ela ficava em casa, com frequência cuidava de Heinz, o pequeno que Edith, sua filha, havia trazido de Hannover, sem o pai. À tarde, quando tudo havia sido limpo, as compras feitas, tudo estava em ordem, acontecia com cada vez mais frequência de ser tomada pela sensação de não conseguir mais respirar. Nessas horas, às vezes olhava para o chão da cozinha, ali onde a jangada de colchões estivera, onde se deixaram levar, nus, e onde contaram coisas um para o outro, quer dizer, ela contou coisas suas para ele.

Aquela época foi, disse a senhora Brücker olhando um pouco por cima de mim com seus olhos leitosos, feliz de verdade.

Do corredor, ouvia-se um rangido discreto. É a cadeira de rodas do Lüdemann. Vozes. O elevador em movimento. Uma tosse distante.

Durante algum tempo, eu trocava um pelo outro, ao menos na minha cabeça. Só precisava fechar os olhos. Isso funciona, mas apenas durante algum tempo. Vai ficando cada vez mais fraco. E então lentamente ele se torna aquele que está deitado de fato sobre você. Dá para cheirar, dá para sentir, mesmo de olhos bem fechados não tem como ir contra isso.

Gary passava a semana fora com seu caminhão. Dirigia a serviço da autoridade militar inglesa. Transportava tornos e outros maquinários de fábrica. Os tommies os desmontavam e os mandavam para a Inglaterra. Às vezes, ele transportava alimento. Voltava para casa na sexta-feira à tardinha, com uma sacola cheia de roupa suja. Mas sempre trazia algo para comer.

Ia para a cama e dormia, como um morto, sem roncar, mal se mexia. Nos sábados, Gary ficava sentado no sofá, barba por fazer, perna sobre a poltrona, bebia cerveja e folheava as revistas da semana. Perto de anoitecer, começava a se esfregar com o sabonete, raspava toda a barba, polvilhava o rosto com talco, tingia as sobrancelhas — que, aos poucos, tornavam-se grisalhas —, ia ao cabeleireiro escurecer as pestanas, parecia mesmo com Gary Cooper, com aquela íris muito azul, também com as bolsas sob os olhos, só que o Gary dela parecia mais bebum. Vestia a camisa cortada sob medida, o terno, perguntava hipocritamente se ela queria ir junto, não, então enfiava a mão no bolso da calça e soprava no pente: *adeus, meu amorzinho*, e ia até um daqueles bares onde se jogava e se bebia, nos quais os ianques e os tommies se sentavam com umas caipirazinhas quaisquer que buscavam a sorte grande com seus peitos e bundas. Elas queriam ir embora dali, por causa da fome, das ruínas, do frio. Califórnia, era para lá que todas queriam ir, depois Costa Leste, por fim Liverpool.

Voltava para casa no meio da noite, fedendo a cachaça e cerveja e fumaça de cigarro e, às vezes, sua mão subia como uma aranha pelas pernas dela sob a coberta, fazia-a sentir um calafrio durante o sono, assustando-a toda vez. Certamente pensava que deveria fazer algo bom para mim. Comer no prato que cuspiu. Mas então sempre tinha aquela sensação de ter uma pedra gelada na barriga.

Após três meses, ela começou a dar uma desculpa, dizia estar com candidíase. Tivera candidíase uma vez, há dez anos, e de repente dava coceira em ambos, quando dormiam um com o outro. Com isso, a mão não tornou a aparecer. Agora podia dormir sossegada, se ele não roncasse exageradamente alto, algo que só acontecia nas noites de sábado. Estranho, não? Ou quando vinha para casa de madrugada e, bêbado, mijava no criado-mudo.

Então, no fim de uma sexta-feira, início de novembro, ele chegou, como de costume largou as cuecas sujas em um canto, bebeu quatro cervejas e caiu na cama.

No sábado, estava sentado na sala, os chinelos nos pés, e folheava as revistas semanais, revistas velhas com muitas marcas de uso que ela conseguira de sexta mão. Lena Brücker estava colocando as roupas de molho na bacia de zinco. Na época, ainda era necessário lavar tudo a mão. Colocou a tábua na bacia, esfregou uma cueca, especialmente o local em que a merda dele secara formando uma estreita faixa marrom. Tirou da água com sabão a próxima roupa de baixo. Era uma calcinha. Uma calcinha branca, porém um pouco, não, muito mais curta que as suas. Os elásticos justos, bem justos, debaixo de saias apertadas imprimiriam às nádegas aquela forma de coração que, ela sabia, Gary gostava. Retirou uma de suas calcinhas da grande caldeira de roupas. Segurou-as lado a lado. Como a sua era larga, parecia um paraquedas. Pulasse ela pela janela, a calcinha retardaria sua queda. Ficou ali de pé, olhando suas mãos na bacia de zinco, aqueles dorsos avermelhados pela água quente, os dedos murchos e brancos. Nesse momento, seu marido gritou: me traga uma garrafa de cerveja, e gelada. Queria que ela fosse até o bar na esquina e trouxesse uma cerveja gelada, pois ainda não tinham geladeira na época. Nisso, ela tirou as mãos da água com sabão, foi até a mesa da cozinha, abriu lentamente a gaveta onde ficavam todas as facas de cortar pão e carne, mas então voltou a fechá-la com um solavanco. Gritou: dá uma olhada lá fora, Gary, acho que alguém bateu na porta. Ele não havia escutado nada, mas foi até a porta. A escada do prédio estava escura. Acendeu a luz, e no momento em que se inclinou sobre o corrimão e olhou lá para baixo, ela fechou a porta do apartamento. Ele ficou do lado de fora tocando a campainha, batendo na porta, martelando, por fim chutando. Estava em um acesso de fúria. Lá dentro, ela se apoiou contra a porta. A palma da mão dele surgiu de repente através da portinhola para as cartas, seus dedos movimentavam-se como os braços de um polvo, tentavam agarrar o trinco. Nisso, ela gritou. Escutou vozes vindas da escada. Escutou o Claussen berrar lá de baixo: silêncio aí em cima! E, como seu marido continuou berrando descontroladamente, escutou Claussen subir a escada, seu passo pesado, um homem feito um roupeiro, um homem que conseguia entortar uma moeda de cinco marcos.

Silêncio, ou você vai ver só, seufilhodeuma...!

Fez-se silêncio diante da porta. Ela escutou os degraus rangerem. O operador de escavadeira desceu e então o marido dela. Ele estava de camisa e calça, nos pés os chinelos. Ela ficou atrás da cortina na janela da cozinha e olhou lá para baixo na Brüderstrasse, aquele pequeno pedaço que se podia enxergar lá do alto, o pedaço de rua pavimentada, as calçadas. Ela o viu passar lá embaixo, sem olhar para cima, foi embora arrastando os pés, de chinelos, e nunca mais voltou.

Desse momento em diante, passou a ter sua tranquilidade, contudo ainda precisava sustentar duas crianças, pois Edith, sua filha, ainda não tinha um emprego. E o pequeno Heinz também estava lá. O pai de Heinz, namorado de Edith, tenente de engenharia de combate, continuava desaparecido, não na Rússia, mas sim em Brandemburgo. Loucura, não?

Eu precisava desviá-la de Edith e do tenente de engenharia de combate desaparecido e trazê-la de volta para a currywurst. Eu disse, há um leve vento oeste lá fora, com chuvas eventuais. Vamos até a Grossneumarkt? Podemos comer uma currywurst...

Vai ser uma correria outra vez.

Não, eu disse, lá dá para estacionar, não é nenhum problema.

E aquela currywurst sem gosto. Não, também.

Mas ela acabou querendo. Acho que pelo simples desejo de voltar àquele lugar onde por trinta anos teve sua barraquinha, aonde ia todas as manhãs, retornando no fim da tarde. Só fechava aos domingos. Trinta anos sem férias, não faltou nenhum dia. Grelhou salsichas, vendeu cervejas, serviu pepinos nos pratos de papelão, mesmo com nevasca. Ela queria ouvir os barulhos, sentir o cheiro do Elba, sim, lá se pode sentir o cheiro do Elba quando há vento oeste: água salobra, óleo, esgoto, zarcão, a trepidação metálica dos estaleiros, rebitadeiras, as sirenes dos navios.

Ela vestiu outra vez sua capa de chuva verde emborrachada e puxou o capuz de plástico sobre o chapéu cloche marrom.

Passamos de carro na frente do prédio onde ela havia morado por mais de quarenta anos, a porta do edifício que se abriu e se fechou atrás do homem com chinelos de casa, no alto a janela onde o encarcerado Bremer ficara de pé, de onde olhara lá para baixo.

Tudo limpo e recém-pintado, descrevi para ela a rua Alter Steinweg. As cornijas e as janelas são brancas, as fachadas têm um tom cinza-claro.

Do outro lado, agora há um restaurante espanhol. Espanhol? Sim, eu disse. Na esquina, há um escritório de design de móveis. Viramos na Wexstrasse. A tabacaria do senhor Zwerg continua lá. O senhor Zwerg está de pé atrás do mostrador, está limpando o olho de vidro. Devo parar?

Não tem necessidade, ela disse, deixe assim.

Brüderstrasse, Wexstrasse, era lá que acontecia o mercado clandestino. Dali, costumavam atravessar até a Grossneumarkt, até a sua barraquinha, grandes contrabandistas assim como pequenos vendedores, para se revigorar, um refresco, um café de abelota, uma bratwurst, ou até uma currywurst.

A currywurst, perguntei com cautela, já havia na época?

Mas é claro, era bastante procurada. O negócio ia bem, tão bem como nunca mais foi depois disso, ela disse, com exceção de 68, também foi bom. Os estudantes vinham. Depois, porém, foi ladeira abaixo, veio o McDonald's com seus pães de papelão e então as lancherias de döner kebap. Mas em 47, essa foi uma época boa. Nunca se pagava com dinheiro, somente se trocava: uma currywurst e uma xícara com grãos de verdade, aquilo dava, conforme a cotação do dia, três ou quatro ianques, os cigarros americanos. Naturalmente, também se fiava. Para os clientes de sempre. O acerto era feito então no fim de semana, em açúcar, chocolate, banha. Complexo. Claro, mas era o que fazia aquilo divertido, precisava ter um bom faro. Ela ergueu a cabeça, olhou em minha direção com seus olhos azuis leitosos e tocou no próprio nariz. Não era tudo fixado através de dinheiro, tinha que saber do que se estava precisando, o que estava faltando. Na sua barraquinha, também se fazia negócios maiores, enquanto se tomava café e se comia currywurst. Era um ponto de encontro, uma espécie de bolsa ao ar livre. Por exemplo, dezoito tabletes de tabaco da Virgínia eram trocados por vinte e duas caixas de arenque defumado, um garrafão de álcool puro, quatro pneus de carro bem desgastados ou vinte quilos de manteiga dinamarquesa com sal. A arte consistia em avaliar corretamente os valores, ou seja, oferta e demanda, de coisas tão diferentes como manteiga dinamarquesa com sal, arenque defumado ou tabletes de tabaco. E esses valores iam variando já durante a avaliação. A moeda era o cigarro, não qualquer um, mas sim Chesterfield ou Players.

O que sem dúvida tem sua lógica interna, penso eu, pois essa moeda de cigarros não só era cobiçada, durável e, em geral, uniforme, como também era bonita do ponto de vista estético: roliça, branca, leve. Sobretudo, tinha um valor de uso, não era como o Reichsmark, com o qual, caso se desvalorizasse, no máximo ainda se poderia acender um cigarro. E, não por acaso, não se ofereceu para isso um outro valor de uso qualquer, assim pobre em nutrientes e difícil de transportar como manteiga ou banha; em vez disso, esses palitinhos leves que cabiam em qualquer bolso de casaco. O valor de uso do cigarro — nem nutritivo, tampouco útil — está única e exclusivamente no consumo, deve transformar-se em aroma, ou seja, em um sabor que acalma os nervos, e em fumaça, ainda que desse valor de troca, fosse ele de fato concebível no que diz respeito àquele anárquico mercado clandestino, restasse somente um pouco de cinzas. Estive muitas vezes com meu pai, um fumante viciado, nesse mercado clandestino. E provavelmente já nessa época estive na barraquinha da senhora Brücker. Mas a meu pai nunca teria ocorrido a ideia de comer uma currywurst ou mesmo de apenas pagar uma para mim.

Como surgiu a ideia da barraquinha?, perguntei à senhora Brücker. Foi uma dica da senhora Claussen. O proprietário era um velho, fazia fritada de batata, misturada com serragem. Aquilo sim enchia o estômago. Ele teve um derrame cerebral, não podia mais carregar as batatas. Teve que arrendar a barraquinha: custava dois pães e meio quilo de manteiga a semana.

Ela foi até lá e deu uma olhada mais de perto. Uma barraquinha feita com tábuas. Por cima, uma velha lona de barco esticada, com furos através dos quais gotejava a água da chuva. Lembrou da lona militar deixada por Bremer, que ainda jazia na câmara do jeito que ele havia dobrado. Podia esticá-la sobre a barraquinha. Assim ficarei no seco.

A dificuldade era arranjar algo que se pudesse comer. O velho tinha um irmão fazendeiro. Ela precisava pensar em algo. Talvez salsichas de vitela de repolho.

E tem como fazer isso?

Claro, é tudo uma questão de ir provando e temperando.

Estacionei o carro na Grossneumarkt. Ajudei-a a descer, ressaltei, para tranquilizá-la, que tínhamos bastante tempo.

Conduzi-a lentamente através da chuva pelo pavimento de paralelepípedos. A barraquinha de flores continuava lá. Havia poucas pessoas na praça. Três mendigos estavam sentados debaixo de uma lona de plástico em um banco e bebiam vinho tinto em um garrafão.

Então ainda existe a barraquinha de lanches?

Sim, quer dizer, não, não é uma barraquinha. É um grande reboque, uma espécie de trailer para camping, com verniz branco, dois eixos, tecnicamente no estado mais atual, equipado com pia de aço inoxidável, geladeira, assador de frango, aquecedor de salsicha, fritadeira. Esse trailer não podia ser comparado em nada com a velha barraquinha de tábuas da senhora Brücker e suas frigideiras de ferro fundido.

Duas currywurst.

O homem pegou uma salsicha e a colocou em uma

pequena máquina, as fatias caíram na parte debaixo. Então colocou a próxima.

Que barulho é esse?

Um cortador de salsicha, explicou o homem, adquirido faz um mês. Mas já existe há bastante tempo em Berlim. Aqui em Hamburgo, a gente está sempre atrasado.

Por um momento, cogitei se não deveria dizer: escute, diante do senhor está a descobridora da currywurst, mas então lembrei que eu ainda não tinha nenhuma resposta para a pergunta sobre como e quando a currywurst fora descoberta. A senhora Brücker também ficou em silêncio. Tinha uma aparência audaciosa, com seu chapéu cloche marrom sob o capuz de plástico. Fixou o olhar na parede branca do trailer de lanches.

Como está indo o negócio?, perguntou.

Não muito bem, não acontece nada quando chove.

Desde quando o senhor está aqui?

Faz três anos, antes estava em Münster. Quero voltar. Aqui não é uma boa região. Muita grã-finagem. Esses aí não comem currywurst. Ele empurrou até nós o prato de papelão. Dá seis e oitenta.

A salsicha estava fria devido ao ketchup que fora esparramado em cima, e o pó de curry, um produto industrializado oriundo de Oldenburg, foi apenas polvilhado. Uma salsicha de porco com pequenos pedacinhos de um azul transparente; dentro, restos de cartilagens e pelos. Alcancei à senhora Brücker um palitinho de plástico com duas pontas e guiei sua mão até o prato de papelão. Ela espetou um pedaço de salsicha. Mastigou devagar, pensativa. Pelo seu rosto não dava para perceber se estava achando gostoso. Chegou um velho e pediu uma cerveja e um schnitzel empanado. Nesse momento, a senhora Brücker bateu sem querer no prato com a currywurst, que caiu da mesa. Juntei do chão o prato de papelão com a mistureba de curry, ketchup e bitucas de cigarro e fui jogar tudo na lata de lixo.

Deixe aí, disse o proprietário da barraquinha, o cão come.

VII

Na quinta-feira, meu último dia em Hamburgo, trouxe para a senhora Brücker um pequeno Baumkuchen. Ela insistiu que o cortássemos em seguida. Hugo veio, trouxe três pílulas rosas, ganhou uma fatia do bolo, examinou a parte da frente do pulôver que jazia sobre mesa, na qual a colina havia se arredondado, a ponta do pinheiro alcançara o céu e um pequeno abaulamento amarelo anunciava o sol nascente. Maneiro, disse. Não pôde tomar o café até o fim, porque seu bipe o chamou para o andar de baixo. O velho Teltow perambulava perdido outra vez através dos corredores.

Quantos pontos mais até o sol? Contei trinta, e ela pôs o fio azul do céu sobre o dedo, deixou pendurado o fio do sol e começou a tricotar, continuou a história, sem que eu precisasse indicar com perguntas em que parte havia parado ontem: para ela estava claro, com bratwurst de repolho não seria possível montar um negócio. Holzinger indicou-lhe a proprietária de uma fábrica de salsichas, viciada em álcool, em Elmshorn.

Naquela mesma noite, Lena Brücker começou a transformar o uniforme de Bremer em um tailleur. Foi literalmente um corte, inclusive em sua vida. Ela desfez as costuras do casaco do uniforme. E fez isso cantando, o que do contrário nunca fazia, porque cantava terrivelmente mal, nunca encontrava o tom certo. Edith veio e perguntou, quem está cantando? De uma hora para outra, você passou a cantar direito, foi? Mas é claro. E ela cantou, mantendo a voz e o tom: *am Brunnen vor dem Tore*. Então voltou a se inclinar sobre o molde. Benzadeus, a marinha usava calças com bocas largas, assim o tecido foi suficiente para fazer uma saia com pregas para o tailleur. O casaco ela conseguiu ajustar na cintura através de pences, mas teve que deixar aberto acima do peito com dois botões. Isso não tirou nada do aspecto sério e profissional da sua imagem no espelho: um tailleur azul-marinho com botões banhados em ouro, e ela pôde ficar com esses botões porque mostravam uma âncora, não uma suástica.

No fim de outubro, uma quinta-feira, Lena Brücker se espremeu para entrar em um trem expresso regional superlotado e viajar até Elmshorn, onde encontrou a fábrica de salsichas perguntando o caminho a pessoas na rua. Ao lado da fábrica, ficava a mansão da proprietária. Deixou-se anunciar e foi recebida por uma dama de cabelos grisalhos que não tinha nenhum sinal de excesso de álcool no rosto. Lena Brücker apresentou-se como arrendatária de uma barraquinha de lanches que queria ter cinquenta unidades de bratwurst de vitela por dia útil, autênticas, sem misturar com carne de porco, também sem adicionar farinha de serragem ou massa de vidraceiro velha. A senhora Demuth perguntou se ela possuía uma autorização para a compra.

Não. Mas podia oferecer, em troca das trezentas salsichas semanais, uma garrafa de uísque. A senhora Demuth refletiu. Se era uísque inglês de verdade ou apenas uma imitação alemã. Lena Brücker corajosamente falou: autêntico uísque escocês. A senhora Demuth engoliu em seco e disse, por fim: bom. Mas trezentas unidades, isso é muito. Duzentos e cinquenta. Era o máximo que podia oferecer.

Lena Brücker refletiu. Bratwurst de vitela era um artigo de luxo de primeira linha, algo totalmente extravagante. As pessoas fariam de tudo para ter aquilo. Se pudesse vender a bratwurst por dois cigarros mais um Reichsmark, daria quinhentos ianques de verdade, e com trezentos já era possível conseguir um bom uísque batizado em uma garrafa original escocesa. Sobrava um ganho semanal de duzentos ianques mais trezentos Reichsmark.

Retornou em um trem superlotado. Ficou de pé do lado de fora, sobre o estribo, agarrada aos pegadores de mão. Era um dia ameno de outono, entretanto o vento contrário, que revolvia seus cabelos, fez com que suas mãos ficassem primeiro frias, depois geladas, por fim sem sensibilidade. Benzadeus, o tecido da marinha era um bom produto, ainda do período anterior à guerra, lã de tosquia. Mas agora estava arrependida por não ter vestido um casaco. Parecera-lhe tão desleixado, prejudicial para os negócios até. E aborreceu-se por ter transformado a calça em uma saia, pois o vento entrava por baixo, e sempre que sentia frio lá embaixo precisava mijar. Já deveria ter feito isso antes do trem partir, mas quis assegurar o lugar sobre o estribo. Estava em viagem e não conseguia mais pensar em troca, salsicha e uísque; em vez disso, concentrava-se somente em não se mijar, o que é muito mais difícil para as mulheres, com suas uretras curtas, do que para os homens. Os cabos de telégrafo passavam vibrando. Ela tentou se distrair contando os postes: trezentos e vinte e sete, trezentos e vinte e oito, trezentos e vinte e nove. Ao seu lado estava um homem em um casaco de couro da aeronáutica, uma mochila nas costas, estava retornando, como contou, de uma viagem ao campo para adquirir estoques, trocara prata da família por manteiga e toucinho com fazendeiros. Tem que ver como esses aí se tornaram especialistas, eles observam o talher, dizem "prata dinamarquesa, art nouveau". De fato. Conhece aquela piada? Um homem vai até uma fazendeira, mostra um Picasso. Diz ela: não, obrigada, só colecionamos Braque.

Nisso Lena Brücker começou a rir; não riu da piada, pois não sabia o que era Braque; não, riu aliviada, e cada vez mais alto, porque finalmente, finalmente havia mijado, escorria quente pelas suas pernas.

Olhou para baixo e viu que o vento contrário fizera com que a calça do homem também fosse respingada. Ele perguntou desconfiado por que afinal estava rindo tão descontroladamente.

Estou mijando nas calças, disse enfim.

A senhora fez uma troca tão boa assim?

Sim. Estou abrindo meu próprio negócio.

Ela manteve o rosto contra o vento. O sol brilhava como se por trás de uma porcelana. Um cavalo empinou-se no pasto e galopou afastando-se do trem. Nesse momento, ocorreu a Lena Brücker algo que ainda poderia oferecer em uma troca, o emblema prateado de cavaleiro de Bremer.

Na mesma noite, Lena Brücker visitou sua amiga Helga, que conhecera na repartição de alimentos. Helga possuía uma capacidade valiosa: falava inglês perfeito. Além disso, conhecera, mal havia sido revogada a proibição de confraternizar, um major inglês. Esse major colecionava condecorações e distinções honoríficas alemãs. Um colecionador de um calibre que só a Inglaterra pode produzir. Com um gosto para o excêntrico. Não como os soldados texanos, a quem se podia empurrar de uma só vez três chapéus de Göring em diferentes tamanhos. O major já havia reunido uma coleção notável: cruzes de ferro de primeira e segunda classe, emblemas de feridos na guerra, pretos, prateados e dourados, broches de combate corpo a corpo de todos os níveis, a cruz germânica em ouro (com um buraco de bala), a placa de Narvik, emblemas de tripulantes de submarinos, de tripulantes de minissubmarinos, de nadadores de combate, mas também condecorações tão inabituais, como as espadas para a folha de carvalho da cruz de cavaleiro — os diamantes ainda lhe faltavam —, e agora ouviu falar do emblema prateado de cavaleiro. Ele foi até a Brüderstrasse especialmente para isso, subiu três lances de escadas e segurou o emblema entre os dedos, justamente aquele emblema de cavaleiro que o contramestre Bremer deixara para trás com seu uniforme azul da marinha, esse emblema tão pouco bélico, no qual um homem empina o cavalo. Uísque de verdade, apenas riu. Ele mesmo estava à procura. Mas poderia oferecer madeira. Ele fora mobilizado pela autoridade militar inglesa para vigiar as florestas de Lauenburg. As árvores eram cortadas e — transformadas em tábuas — enviadas de navio para a Inglaterra como reparação. Através da amiga, Lena Brücker perguntou ao major o quanto poderia oferecer em troca do emblema prateado de cavaleiro. Uma recordação. Helga conversou, e o major enfiou seu bastão de exercícios sob o braço esquerdo, tirou da mão direita a luva de couro marrom incrivelmente macia, pegou o emblema prateado de cavaleiro que Lena Brücker polira até deixar reluzente. Então disse: well, e algo em inglês que a amiga traduziu como vinte e quatro metros cúbicos de madeira, o que, como a amiga seguiu traduzindo, era muito. Disse algo outra vez, e sua amiga traduziu: serrados em tábuas ou vigas de madeira. Então Lena Brücker disse: O.K.

Em casa, ela leu no dicionário (edição popular): um metro cúbico de madeira é igual a um cubo com um metro de lado. Portanto, se a madeira lhe fosse enviada, isso daria uma área de seis por quatro metros, ou três por quatro metros, mas então com dois metros de altura. Ela se assustou. Tanto assim. Por um emblema desses. Mas floresta e madeira não pertenciam mesmo ao major inglês. Onde colocaria a madeira? Ela precisaria então, antes que a madeira fosse enviada, já envolvê-la em uma nova troca, pois não queria inaugurar uma madeireira, mas sim conseguir bratwurst; além disso, ainda era necessário arranjar óleo para as fritadas de batata, que ela também pretendia oferecer na barraquinha, óleo vegetal puro, não aquilo que havia sido empurrado recentemente para a senhora Claussen: óleo velho de motor.

Óleo vegetal, um grande contrabandista que havia sido indicado a Lena Brücker disse que conhecia alguém que poderia ajudar; no entanto, com certeza não estava precisando de madeira. Trata-se do intendente inglês, que está no comando de todo o depósito de mantimentos na cidade de Soltau, um anão careca e albino, mas que tem uma mulher assim ó, e o contrabandista beijou a ponta dos dedos da própria mão de unhas bem cuidadas. Ruiva, de pernas compridas. Tapetes, prata, joias de granate, disso ele está precisando, esse albino joga tudo aos pés da sua mulher — só assim consegue se aproximar dela.

A senhora Brücker deixou cair o novelo de lã azul, que rolou através do recinto. Recolhi para ela. Você precisa enrolar de novo, por favor, mas direitinho, para que não fique todo enredado.

Aquilo era ao menos uma trilha a seguir, pois Lena Brücker ouvira falar de um homem vindo da zona de ocupação soviética que trouxera de lá trezentas peles de esquilo siberiano, que, por sua vez, haviam sido trazidas da Sibéria por algum oficial de estado-maior russo. O homem queria trocar as peles por clorofórmio, mas não estava interessado nem em vigas de madeira nem em tábuas. Ela recebeu uma dica: o médico chefe de uma clínica ginecológica estava atrás de madeira para o assoalho e para a treliça do telhado da sua mansão incendiada.

Agora faltava fisgar o intendente ou, melhor dizendo, a sua esposa, para se conseguir o uísque, o ketchup e o óleo para as fritadas de batata. Ela decidira adicionar menos serragem, mas também aumentar o preço.

Se funcionasse, ela teria uma equação estável. Fez com que o contrabandista convidasse o intendente, combinou com Helga, que deveria fazer a tradução, e partiu para o bairro de Othmarschen, onde morava o proprietário das peles de esquilo siberiano, um ex-coronel de uma unidade de tanques que fora condecorado com a cruz de cavaleiro com folhas de carvalho. Tinha uma perna só. Lena Brücker sentou-se com Helga na sombria sala de estar com decoração e móveis de carvalho. A esposa do coronel trouxe duas taças de espumante de sabugueiro. Tocaram a campainha, e o intendente entrou. Era pequeno, mas de forma alguma um anão, também não era careca, muito menos albino. A mulher, no entanto, fora descrita corretamente pelo contrabandista, cabelo ruivo, as sobrancelhas maravilhosamente arqueadas, uma tez tão transparente, clara e límpida como porcelana. E todos os membros — ela era uma cabeça mais alta que o intendente — esguios, os dedos, os braços e — sem serem desajeitadas — as pernas.

Vestia um casaco cinza e um chapéu de três pontas, ambos de astracã, com uma grande concha de madrepérola na aba. O coronel cumprimentou a mulher com um beijo galante na mão, o que não havia feito nem com Lena Brücker nem com sua amiga. Então trouxe as peles, que já estavam curtidas. A mulher do intendente deixou as pequenas peles de esquilo siberiano escorregarem entre suas mãos. Peles cinzas incrivelmente macias com o pelame do ventre branco como neve e pequenos rabos com pontas pretas, e Lena Brücker, em seu tailleur da marinha com ar sério, percebeu na hora: essa aí não larga mais essas peles, o desejo dela arrastava-se suavemente pelos dedos até a parte interna da mão e de lá subia pelas costas até a cabeça. E o que ela sentia na palma da mão saiu de sua boca — que parecia envernizada em vermelho — na forma de um som atraente como veludo, wonderful. Lena Brücker não tinha como entender, mas, entretanto, entendeu, pois aquilo fez com que esse homem, que a mulher chamava de Kiifi, acenasse positivamente com a cabeça. O intendente perguntou através de Helga o que Lena Brücker queria em troca de um casaco pronto.

Ela havia feito anotações e entregou-lhe o papel: vinte litros de óleo vegetal puro, trinta garrafas de ketchup, vinte garrafas de uísque e dez caixas com maços de cigarro.

Tchuuuu mātchi, ele disse. E ficou claro para Lena Brücker, mesmo sem poder entender sequer uma palavra em inglês, o que tantos Us queriam dizer: era muito. Ele começou a escrever números no papel com uma lapiseira prateada, números que ela, por sua vez, corrigiu, então outra vez o intendente: vinte litros de óleo, trinta garrafas de ketchup, dez garrafas de uísque, cinco caixas com maços de cigarro.

Então Lena Brücker disse pela segunda vez: O.K.

Com isso, pôde começar o ciclo de trocas. Trocou o emblema prateado de cavaleiro pela madeira, a madeira pelo clorofórmio, o clorofórmio pelas peles de esquilo siberiano.

Agora ainda precisava encontrar alguém que pudesse fazer um casaco com aquelas peles. A minha tia, que morava mais abaixo no prédio, indicou meu pai, que, por ter encontrado uma máquina de costurar peles nos escombros de um prédio, começava a tornar-se um peleteiro.

Assim meu pai ingressou na história: ele, que havia sido solto da prisão de guerra inglesa, que trocara por comida suas botas de montaria feitas de couro russo curtido e, para sobreviver, começava a consertar casacos de pele. Mas será que poderia, ele que ainda não tinha feito um único casaco, aprontar um casaco de pele de esquilo siberiano?

Sim, ela disse, eu estava com medo. Pois todo meu capital estava ali.

Também meu pai estava tendo sonhos pesados naquela época. Um duende estava montado sobre ele, um duende com um casaco de pele muito curto, bastante torto, costurado embaixo como um saco.

Finalmente pude fazer minha pergunta: como ele era, quero dizer, que impressão passava, naquela época, meu pai?

Pois então, vamos dizer assim, pois é, como posso dizer, como alguém que havia visto tempos melhores. Assim um pouco rigoroso.

E, ela refletiu, como alguém que já tinha feito muitos casacos de pele de esquilo siberiano.

Esta é uma lembrança remota que tenho do meu pai. Ele está sentado com um casaco militar tingido de verde, na cabeça um chapéu militar tingido de azul, e está recortando em formato de elipse as patinhas dianteiras, a seguir costura o buraco na máquina, ele xinga, mas baixinho, espalha água sobre o couro e puxa e estica as peles até a forma correta, prende cada uma delas com alfinetes, corta fora os restos e depois costura as peles uma na outra. Assim surge um modelo branco que vai se transformando em cinza-médio e, no meio da pele, em um suave cinza-escuro. Mas cada movimento das partes da pele gera um cinza variável, que escurece e depois torna a clarear. Ele havia comprado um livro: *O peleteiro alemão, um manual*. Estava sempre folheando esse livro. A partir do exemplo reproduzido dali, projeta um modelo de corte, mede e calcula. As medidas lhe foram enviadas. O intendente não queria que um estranho, sobretudo um alemão, pusesse as mãos na sua esposa, ou seja, tirasse suas medidas. O pai está lendo: as tiras de pele sobrepostas serão agora ajustadas nas bordas, depois distribuídas sobre o modelo de papel e então costuradas juntas. Umedecer bem o couro com água e fixar as peles sobre uma grande plataforma de madeira. As fileiras de pele precisam ser endireitadas com alfinetes. Deixar secar. Retirar os fixadores, outra vez ajustar, em seguida prendê-las juntas.

Várias vezes precisou desfazer outra vez as costuras, manuseando com muita dificuldade, porque costurara os pelos finíssimos amontoados, formando tufos. Eu o escuto praguejando à sua frente. E outra lembrança física: eu posso dormir com minha mãe na única cama no quarto, enquanto meu pai se deita à noite em cima da mesa de fixar as peles e se cobre com o casaco. A água congelada cintila nas paredes do sótão sob a luz da lâmpada de querosene, uma paisagem maravilhosa de conto de fadas — vista da cama quentinha.

Então, após uma semana, veio o dia da prova. As mangas estavam alinhavadas, a gola fora costurada, o casaco apenas ainda não estava forrado. Era um dia comparável a lançar um navio à água pela primeira vez, e era uma sexta-feira.

Compareceu também a senhora Brücker. De manhã, ela recebera de boa-fé as primeiras salsichas. E percebeu já na hora de desempacotar: não tinham pele nenhuma. Pois é, disse o motorista, está faltando tripa, a gente não tem. Ele precisava continuar com as entregas, até o hospital militar inglês, que também era atendido pela fábrica de salsichas. Os ingleses estão bastante satisfeitos com as salsichas. Eles as comem como se fossem um tipo de patê de fígado. Salsichas de vitela sem pele, isso significava que as salsichas ficavam completamente secas na frigideira. A senhora Brücker nos trouxera três. De fato, sem gordura, tinham um gosto meio ressecado. Mesmo assim, bom.

Ainda antes da esposa do intendente chegar, a senhora Brücker, que era tão alta quanto a inglesa, apesar de mais corpulenta, quis experimentar o casaco. Era leve como pena, ela mal o sentia, e, entretanto, aquecia como um cobertor de penugem. Lena Brücker parou diante do espelho, um espelho de provador rachado de cima a baixo, e viu-se como nunca antes se vira nem nunca tornaria a se ver, igual a uma estrela de cinema, até a mecha levemente grisalha no cabelo que ela ganhara após a partida de Bremer parecia tingida artificialmente, aquele cinza-claro combinava muito bem com o branco suave das listras do casaco de pele. Por um instante, exatamente aquele em que se observou no espelho, hesitou se não deveria simplesmente ficar com o casaco. Afinal de contas, ela o havia recebido em troca daquele emblema prateado de cavaleiro de Bremer e, nesse momento, ficou claro para ela que nunca poderia se dar ao luxo de ter algo tão extravagante quanto esse casaco de pele de esquilo siberiano. Mas então pensou na barraquinha de lanches com a qual se sustentaria, e no filho, que deveria concluir seu curso de limpador de chaminé, e no pequeno Heinz, seu neto, que logo precisaria dos primeiros calçados. E com isso tornou a despir o casaco.

Que bonito, ela disse, ficou maravilhoso.

Estavam sentados no porão, a senhora Brücker e meu pai, fumando. Desde o período em que Bremer morou lá, ela se transformara em uma fumante ocasional, três cigarros por mês, no máximo cinco. Meu pai fumava oitenta por dia. Ele, que aprontara o casaco em troca de quatro caixas com maços de cigarro e dois quilos de manteiga, ganhou dela um pequeno maço de Players como brinde. Estavam sentados lá, fumando. Observavam o casaco, que estava pendurado no cabide. O primeiro casaco que meu pai fez em sua vida. A aparência era maravilhosa, além disso, era uma pele de esquilo siberiano, que a maioria dos peleteiros, em toda sua vida, não teria chance de ter em mãos. Esperavam pelo intendente, que parara seu automóvel diante da mansão. O chofer abriu a porta e a mulher desceu, ruiva sobre finíssimos saltos de couro de cobra, os tornozelos estreitos em uma seda preta reluzente. Desceram até o porão. A mulher olhou o casaco, e a senhora Brücker olhou o rosto da mulher. O que terá dito: wonderful, marvellous? Ela girou para lá e para cá diante do espelho, deu alguns passos, girou outra vez, de tal forma que a barra do casaco se abriu em forma de sino. Acho que era manequim, disse a cega senhora Brücker. Subitamente, o porão estava claro, sim, brilhava. E estava preenchido por um perfume doce e pesado de fruta, um aroma como que de outro mundo. O marido, o intendente, olhou para sua esposa. Ele também brilhava. Todos estavam contentes, o momento da troca, que aliás fora antecedido por muitas outras trocas, havia chegado. Seu negócio podia começar.

O intendente disse: nice. E ao ver um vaso com flores sobre a mesa, teria dito: se, entre tantos escombros, coloca-se flores sobre a mesa, então logo também o país irá florescer. São realmente competentes, os germans, e ele deve ter estendido a mão ao meu pai, honrado, o vencedor ao vencido. Só que infelizmente meu pai o traduziu, infelizmente ele não tinha óleo vegetal. Lena Brücker ficou petrificada. Pensei que teria um ataque. Levou a mão ao casaco de pele. Mas ele tinha outra coisa. Posso oferecer à senhora ou cinco peças de toucinho ou uma lata de um quilo de curry em pó. A senhora Brücker ficou ali de pé, a mão sobre o casaco de pele, e refletiu. É claro que cinco peças de toucinho eram uma boa oferta, fácil de trocar por outra coisa, fácil também de ser preparado e vendido na barraquinha, mas curry, isso a fazia pensar em Bremer, na noite em que estavam deitados juntos na ilha dos colchões e ele lhe contou aquela história, de como o curry salvava os melancólicos, como em sonho teve que rir de si mesmo até doerem suas costelas, e pensou que afinal havia conseguido tudo aquilo em troca do amuleto da sorte, aquele emblema prateado de cavaleiro, e então disse, indo contra qualquer discernimento econômico: vou ficar com o curry.

Pelo amor de Deus, pensei, o que vou fazer com esse troço? Mas então já se encontrava no pequeno caminhão do exército que a levou para casa. E o motorista, um inglês de barba e cabelo ruivos que a toda hora agitava seu indicador esquerdo — encaroçado e sem unhas — diante do nariz dela, falava sem parar tentando convencê-la de algo. Ela não entendia nada, absolutamente nada. Aquiescia com a cabeça e pensava naquela troca maluca. Com pude fazer isso?, pensava. Tentou, ainda no caminho de casa, abrir a lata para provar o condimento. O tommy tirou uma chave de fenda do porta-luvas. Ela abriu a tampa da lata fazendo uma alavanca, meteu os dedos no pó e lambeu. Terrível. O sabor, uma misturança amarga, não, extremamente picante, assim como se um arado fosse puxado sobre a língua. Horrível. Meu Deus, pensou, eu enlouqueci. Onde foram parar meus cinco sentidos? O que vou fazer com esse troço? Quem vai comprar de mim? Aquilo só podia ser trocado com prejuízo. Eu havia trocado o emblema de cavaleiro por — a exceção do uísque, dos cigarros e do ketchup — algo que não se podia apreciar. Seria melhor ter ficado com o casaco de pele.

O tommy ajudou-a a carregar as caixas com o ketchup até o segundo andar, ali onde a luz sempre se apagava, então seguiram às cegas, e foi aí que aconteceu aquilo, justamente ela, Lena Brücker, que já havia subido e descido aquelas escadas centenas, milhares de vezes, que poderia avançar sem hesitação mesmo cega, pois conhecia cada passo, cada irregularidade da escada, tropeçou, tropeçou porque estava pensando no curry em pó, naquela lata que ela carregava em cima da caixa com as garrafas de ketchup, na realidade, porém, estava pensando em Bremer, pensava em como haviam subido até ali, há mais de dois anos, pensou em como haviam vivido vinte e sete dias lá em cima, em bonita harmonia, até aquela briga, até ele espancar a maçaneta da porta, até a mão sangrar, até ela ver aquelas fotos assustadoras, até ele ir embora, no terno do seu marido, simplesmente desaparecer, do jeito que somente os homens podem desaparecer, e toda vez voltava a ser tomada pela vergonha ao pensar no que ele deve ter pensado sobre ela ao, após aquelas quatro semanas, ter caminhado através da cidade como se fosse através de um outro mundo. Sempre manteve a esperança de que ele apareceria algum dia para que pudesse explicar tudo. Mas nunca mais ouviu falar nele, e foi então que tropeçou na escada escura. Splash. Três garrafas de ketchup quebraram. Ela acendeu a luz lá em cima, abriu a porta. Uma pasta vermelha. E na pasta ainda havia o curry em pó da lata que abrira para provar no carro. Sentou-se então na escada e começou a chorar, não pôde explicar ao tommy, que tentava consolá-la, que não eram as três garrafas de ketchup quebradas e tampouco o curry em pó que derramou, também não o fato de não ter gostado do sabor daquele troço, o fato de que acreditava ter feito a pior troca de sua vida, muito menos que tinha pensado em Bremer, que simplesmente se foi, no seu marido, que ela expulsara de casa, e que seu cabelo tenha ganhado mechas grisalhas nesse intervalo, mas logo ficaria totalmente grisalho, que tudo nos últimos anos tenha de alguma forma passado, quase sem perceber, com exceção dos dias com Bremer. O tommy lhe ofereceu um cigarro, e assim estavam sentados ali, quando a luz apagou, um ao lado do outro nos degraus da escada do prédio, sentaram no escuro e fumaram sem dizer nada.

Então, quando terminou o cigarro, já era o segundo naquele dia, pressionou-o contra o rodapé metálico da escada, subiu os poucos degraus que restavam, acendeu a luz. O tommy trouxe as outras coisas para ela até lá em cima, ergueu a mão, disse: good luck. Bye, bye, e desceu. Ela esperou junto ao interruptor para que a luz não se apagasse, até que ouviu a porta se fechar lá embaixo. Levantou a caixa com as garrafas intactas e as três quebradas e carregou-a até a cozinha. Felizmente não haviam se partido em estilhaços minúsculos, caso em que a única coisa a fazer seria jogar fora aquela pasta marrom-avermelhada. Ela fisgou os cacos do ketchup. Mas o ketchup tinha sido estragado, tinha se misturado com o curry em pó. Buscou a lata de lixo, pretendia jogar fora, nisso lambeu distraída os dedos lambuzados — lambeu outra vez, bem desperta, e outra vez, esse sabor, esse sabor, ela teve que rir, picante, mas não apenas picante, alguma coisa frutada-úmida-picante, riu desse infortúnio, desse bonito acaso, riu do bonito casaco de pele de esquilo siberiano que agora a bonita esposa ruiva do intendente estava vestindo, ficou feliz por ter mantido o homem por mais tempo aqui no apartamento, riu bem alto por ter mandado seu marido ir lá fora e depois batido a porta atrás dele. Colocou a frigideira no fogão a gás e despejou ali dentro o curry com ketchup recolhido do chão. Com isso, lentamente a cozinha foi sendo preenchida por um aroma, um aroma como de *As mil e uma noites*. Provou essa mistura quente marrom-avermelhada e sentiu o gosto, aquilo tinha gosto de, sim, qual era o gosto disso? Era um formigar na língua, o céu da boca parecia se expandir, exatamente, era isso que tornava tão difícil de descrever com palavras como amargo ou doce e menos ainda com picante, não, o céu da boca se arqueava, tornava perceptível a si mesmo e à língua, um espanto, algo que se direcionava para si mesmo, para o paladar. Ali Babá e os quarenta ladrões, rosa de Istambul, o Paraíso. Durante toda a noite, fez experimentos, pegava pequenas porções da pasta no chão, adicionou um pouco de hortelã-pimenta e um pouco de manjerona silvestre, o que não ficou muito bom, tentou com um pouco de baunilha, o que ficou bom, com um pouco da pimenta-preta que Holzinger lhe dera aquela vez, um pouco do resto de noz-moscada que ela organizara para o purê de batata de Bremer, e um pouco de erva-doce. Provou aquela pasta marrom-avermelhada: aquela era a harmonia exata. Não havia palavras para aquilo. E porque não tinha comido nada desde o café da manhã, picotou uma das salsichas de vitela sem pele e jogou na frigideira, fritou-a com a pasta de curry. E o que seria apenas seco e insípido, agora era frutado-úmido com aquele sabor longínquo e indescritível. Sentou-se e comeu com prazer a primeira currywurst. Enquanto isso, anotou a receita em um pedaço de papel arrancado de uma velha revista ilustrada, tomou nota dos condimentos que estavam informados na lata, também do que ela adicionara: ketchup, baunilha, noz moscada, erva-doce, pimenta-preta e sementes frescas de mostarda que na verdade pretendia usar em compressas para baixar febre.

Na manhã seguinte, um dia frio e chuvoso de dezembro, cinzento, os primeiros clientes apareceram na recém-inaugurada barraquinha de lanches da senhora Brücker, primeiro as prostitutas do prostíbulo barato da rua Brahmsstrasse, sem dormir, extenuadas, exaustas. O que essas aí tinham de suportar pacientemente! Até o mais inimaginável. Estavam com um sabor terrivelmente rançoso na boca e agora queriam algo quente, mesmo que fosse súper caro, uma xícara de café de verdade e uma bockwurst ou uma bratwurst, o que houvesse. Mas hoje não havia nem bockwurst nem bratwurst, hoje só havia bratwurst murcha. As salsichas eram uma piada. Ainda por cima, foram cortadas bem pequenininhas, cobertas por um molho vermelho assim tão terrível, não, uma papa marrom-avermelhada. Horroroso, disse Moni, mas então, após a primeira mordida, um sabor que fez com que voltasse a sentir a si mesma. É de tirar o chapéu, disse Moni. O cinza clareou. O frio da manhã tornou-se suportável. Ela ficou com muito calor, aquele pesado silêncio ficou alto, sim, disse Lisa, virou música, isso! Lisa, que trabalhava em Hamburgo há três meses, disse: é disso que o ser humano precisa, isto é forte.

Começava assim a trajetória triunfal da currywurst, que saiu da Grossneumarkt, chegou a uma barraquinha na Reeperbahn, então até St. Georg, depois Berlim — e somente por causa da Lisa, que abriu uma barraquinha na rua Kantstrasse —, chegou a Kiel, Colônia, Münster, Frankfurt, mas curiosamente parou junto ao rio Meno, lá a salsicha branca afirmava seu território; em compensação, a currywurst foi para a Finlândia, para a Dinamarca, até mesmo para a Noruega. Os países do sul, ao contrário, comprovaram-se resistentes, em excesso, nisso a senhora

Brücker tem razão, é necessário um vento oestizando em árvores e arbustos. Sua origem está ligada com o cinza, cujo oposto no paladar é o marrom-avermelhado. Também se comprovaram resistentes os círculos mais altos da sociedade, nenhum dos garotos de Perrier, nenhuma das meninas de lojas de grife as comem, pois é necessário comer de pé, assim entre sol e aguaceiro, junto com um aposentado, uma garota junkie, um mendigo fedendo a mijo que conta a sua história de vida, um Rei Lear, assim se fica ali de pé e se escuta uma história incrível, na língua esse sabor tal qual havia sido na época do surgimento da currywurst: ruínas e recomeço, anarquia picante-adocicada.

Assim também esteve Bremer certo dia de pé na barraquinha de lanches. Viera de Braunschweig até Hamburgo, fora até a Brüderstrasse, olhou para o alto em direção à janela, disse a si mesmo, bom seria se ainda estivesse lá em cima, não precisaria mais viajar como representante de vendas de vidraças e massa de vidraceiro. Refletiu se deveria subir ou tocar a campainha. Mas então seguiu em frente através das ruas que não conhecia, apesar de ter morado quase quatro semanas no bairro. Foi até a Grossneumarkt, viu a barraquinha de lanches, queria comer algo, e então a viu. Não a reconheceu imediatamente. Vestia um lenço na cabeça e um avental branco. A barraquinha estava cercada por contrabandistas e havia, esticada por cima como proteção contra a chuva, uma lona militar em cores de camuflagem, a lona que ele havia recebido em abril de 1945 para dormir em cima na charneca de Lüneburg e se camuflar quando os tanques se aproximassem, a lona sob a qual havia andado com ela através da chuva.

Me veja uma salsicha cortada bem fininha, por favor!

Ela reconheceu Bremer imediatamente. Precisou se virar para respirar fundo, para esconder as mãos que tremiam, enquanto cortava a bratwurst. Ele estava magro outra vez e vestia o terno do seu marido. Era pano inglês resistente, do melhor. Usava um chapéu, um autêntico Borsalino. Conseguira-o através de uma troca. O negócio ia bem. Na época, havia demanda por massa de vidraceiro. Muitos vidros estavam mesmo quebrados. Ele não mudara nem um pouco, apenas o chapéu lhe caía mais por cima dos olhos. Café, perguntou ela em sua direção, grãos de verdade? Ele parecia um contrabandista bem-sucedido. Tanto faz, disse ele. E pensou que ela o reconheceria pela voz. Então o que vai ser?, disse ela, grãos de verdade são dois ianques ou trinta marcos. Ele continuava sem sentir gosto de nada, então não fazia diferença se bebesse grãos de verdade ou café de abelota, mas mesmo assim disse: grãos de verdade. Com uma currywurst, disse ela, são cinco ianques. Os preços estavam salgados. Mas aquiesceu com a cabeça. Ela derramou sua mistura de curry na frigideira, um aroma longínquo, adicionou então o ketchup e por fim as fatias de salsicha ligeiramente fritas. Empurrou-as em um pequeno prato metálico. Ele espetou uma fatia com o palitinho de madeira, mergulhou-a outra vez naquele suco vermelho-escuro. E então, subitamente, passou a sentir o gosto, sobre sua língua abriu-se um jardim paradisíaco. Comeu a salsicha e observou como ela atendia, amigável e ágil, como falava com as pessoas, como fazia brincadeiras, como ria, uma vez olhou na direção dele, apenas brevemente e sem nenhum espanto ou surpresa, viu o rosto amigável, não, radiante, de Bremer, como se ele tivesse recém descoberto algo maravilhoso, a tivesse reconhecido, por um momento ela hesitou, quis dizer: olá, mas nisso outro cliente pediu um café de abelota. Suas mãos não tremiam mais. Ele esfregou cuidadosamente um pouco de pão naquele molho vermelho-escuro, então devolveu o prato metálico. Afastou-se um pouco e olhou outra vez na direção da barraquinha. Com o braço, ela tirou da testa uma mexa de cabelo que havia escorregado. Uma mecha grisalha, que mal chamava atenção em meio ao loiro, não, até mesmo dava um matiz mais bonito, clareava, ela pegou a concha e derramou aquele molho vermelho sobre as fatias de salsicha. Ele viu, e é assim que me recordo também, que ela repetia esse movimento diariamente; era um movimento elegante e curto, leve e sem esforço.

Ela ergueu a parte do pulôver, o sol havia se arredondado em um amarelo berrante no azul do céu. E então, o que me diz?
Maravilhoso.
Isso da nuvem, vamos ver se ainda consigo.
Olhou por cima de mim e movimentou os lábios, pois estava contando os pontos outra vez.
Tinha uma aparência frágil, mas de uma grande obstinação, força mesmo. Eu queria lhe perguntar se encontrara Bremer mais uma vez, mas como eu tinha um compromisso à noite e já era tarde, pensei comigo, temos tempo, vou perguntar para ela outra hora. Mas então não houve mais tempo.

No dia seguinte, retornei a Munique, e pouco depois fui para Nova Iorque por alguns meses.
Quando voltei a Hamburgo após pouco mais de meio ano e telefonei para o asilo, o porteiro me falou: a senhora Brücker? Faleceu. Quando? Faz pouco mais de dois meses. O senhor é parente? Não.

Como se chama? Espere um pouco, disse a voz, ainda tem um pacote aqui para o senhor. Pode vir buscar, não esqueça de trazer um documento de identidade.

À tarde, fui até o asilo, e o porteiro me encaminhou à sala da direção. Uma mulher jovem excessivamente maquiada me empurrou sobre a mesa um pequeno pacote, não quis ver o documento de identidade, disse, quando morrem sempre deixam alguma coisa aqui, já ficamos felizes por alguém vir buscar. Hugo? Não, foi embora. Está estudando. Mas onde, isso ela não podia me dizer. Peguei o pacotinho, embrulhado em um papel vermelho com pequenos Papais Noéis, e saí dali. Era março, e o impiedoso instinto de acasalamento fazia os melros voarem uns por cima dos outros nos arbustos. Caminhei até o carro, dirigi um pedaço, parei, desfiz o laço do fino cordão dourado, desdobrei o papel que Hugo certamente dobrara com tanto cuidado. Dentro havia um pulôver. Ergui-o, um pequeno pedaço de papel caiu no chão. No pulôver, uma paisagem, duas colinas marrom-claro, entre elas um vale, em cima da colina da direita o pinheiro, verde-escuro, acima o céu, um sol amarelo berrante, e então ainda havia uma pequena nuvem branca, que, um pouco desfiada, afastava-se flutuante no azul. Não, isso ficou claro para mim na hora, nunca vou vestir esse pulôver, mas poderia dá-lo de presente para minha filha pequena, ela gosta de comer currywurst. Ergui o pedaço de papel, um pedaço de papel amarelado que fora arrancado de uma revista, ali estavam, escritos com a letra de grandes curvas da senhora Brücker, os ingredientes para a currywurst. Do outro lado, pode-se ver uma cruzadinha, preenchida em letras de forma que, presumo, são de Bremer. Algumas letras não permitem deduzir a palavra, outras podem ser completadas, como por exemplo o "sit" que falta em "Til". Mas é possível ler cinco palavras inteiras: cabriola, gengibre, rosa, Calipso, esquilo e, um pouco rasgado — mesmo que ninguém vá acreditar em mim —, novela.

Do mesmo autor:

**À SOMBRA DO MEU IRMÃO:
AS MARCAS DO NAZISMO E DO PÓS-GUERRA
NA HISTÓRIA DE UMA FAMÍLIA ALEMÃ**

Para consultar nosso catálogo completo e obter mais informações sobre os títulos, acesse www.dublinense.com.br.

/dublinense

Este livro foi composto em fontes Arno Pro e Neutra e impresso na gráfica Pallotti, em papel pólen bold 90g, em outubro de 2015.